অশরীরীর খেলা

বিদিশা চক্রবর্ত্তী

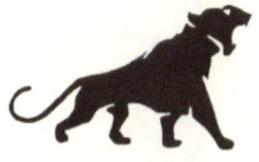

Ukiyoto Publishing

All global publishing rights are held by

Ukiyoto Publishing

Published in 2024

Content Copyright © Bidisha Chakrabarty

ISBN 9789367950784

All rights reserved.

No part of this publication may be reproduced, transmitted, or stored in a retrieval system, in any form by any means, electronic, mechanical, photocopying, recording or otherwise, without the prior permission of the publisher.

The moral rights of the author have been asserted.

This is a work of fiction. Names, characters, businesses, places, events, locales, and incidents are either the products of the author's imagination or used in a fictitious manner. Any resemblance to actual persons, living or dead, or actual events is purely coincidental.

This book is sold subject to the condition that it shall not by way of trade or otherwise, be lent, resold, hired out or otherwise circulated, without the publisher's prior consent, in any form of binding or cover other than that in which it is published.

www.ukiyoto.com

Dedicated to my loving husband and family and all the readers

বিষয়বস্তু

একা একটি রাত	1
দরজায় কে সে?	13
পূর্ব জন্মের কালো ছায়া...	20
রহস্য উন্মোচন	39
শ্রীচরণেষু স্বামী	53
রহস্য উন্মোচন	64
রহস্যে ঘেরা অমাবস্যা	74
লেখিকা প্রসঙ্গে	90

একা একটি রাত

বজ্র পাত সহ মুশুল ধারে বৃষ্টি, আকাশ চিরে যেনো বিদ্যুৎ ঝলকানির ভয়ংকর হুংকার। শরীর বেয়ে গড়িয়ে চলেছে জল ধারা। গাঢ় অন্ধকারে দিশেহারা হয়ে ছুটে চলেছি, মোহনা.. মোহনা.. রজত দা.. না কেউ কোথাও নেই। এ কোথায় এসে পড়লাম। না না বেরোনোর কোন পথ নেই, দিশাহারা হয়ে শুধু ছুটেই চলেছি। চারিদিক যেনো কোন মায়া জালে ঘেরা। নিশ্ছিদ্র অন্ধরকার ভেদ করে এক অদৃশ্য শক্তি ধেয়ে আসছে পিছনে, ধীরে ধীরে তার অদৃশ্য ক্ষমতার বলে গ্রাস করছে আমার চলমান শক্তি। তার মায়া বলে আমি যেনো ক্রমাগত নিথর হয়ে বসে পড়তেই পা দুটো অবশ হতে থাকে। চলার শক্তি হারিয়ে ফেলে যেনো এক নির্জীব স্তম্ভ তে পরিণত হই। না না এ কি হচ্ছে আমার সাথে কেউ কোথাও নেই চারিদিক শুনশান। শুধু কানে ভেসে আসছে এক চাপা শব্দ.... আয় আয় আরো কাছে এসো ইন্দু, এ কার নাম কে কাকে এমন চাপা স্বরে ডাকছে! হঠাৎ অতি শীতল এক হাত হেঁচড়ে নিয়ে চলে আমার চুলের মুঠি ধরে ক্রমাগত। আমি যন্ত্রণায় চিৎকার করে ক্ষীণ স্বরে বলতে থাকি ছেড়ে দাও ছেড়ে দাও আমাকে উফ্ কি যন্ত্রণা। হটাৎ ঘুম ভেঙে চমকে উঠে দেখি সব স্বপ্ন। চারিদিক স্তব্ধ। আবার চোখ বুজে আসে তন্দ্রার ঘোরে।

সবে সিঁদুর মাখা সূর্যোদয়ের আভা পূব আকাশে ছড়িয়ে পড়ছে ধীরে ধীরে, সোনালী আলোর প্রথম আভা গায়ে যেন পড়তেই চমকে উঠল উর্জা। ঘরের বাইরে কিসের যেন কিচিরমিচির হচ্ছে, কাচের জানালা দিয়ে সকালের সূর্যটা তো দিব্যি লাগছে ; কই কাল তো বেরিয়ে যাওয়ার আগে সব জানলা বন্ধ করে পর্দা টেনে দিয়েছিলাম। পর্দা কিভাবে সরে গেল! আর জানলাও খোলা। কালকে রাতের ঘটা বিষয়গুলো কি তাহলে সত্যি ঘটেছে? প্রশ্নগুলো মনের কোনে ইজির বিজির করতে করতে দরজা খুলে অবাক! স্বয়ং মা হাজির সেই বাগডোগরা থেকে কলকাতার এই দু কামরার ফ্ল্যাটে। উর্জা একটু ঘাড় কাত করে বাইরেটা দেখে নিয়ে কিছু টা টলমল পায়ে সামান্য এগিয়ে এসে চোখ কচলাতে কচলাতে বলে, 'তুমি!" হটাৎ মায়ের এরম আগমনে বেশ অবাকই হয়েছে উর্জা ! ঘুম জড়ানো চোখে বলে, এতো জলদি টিকিট পেলে কিভাবে? কথার জড়তা এখন কাটেনি। উর্জার মা বেশ হন্তদন্ত হয়ে দরজা ঠেলে ঘরে ঢুকতে ঢুকতে বলেন, 'বারে

তুই তো জানিস তোর বাবার ছোট বেলার বন্ধু প্রদীপ কাকুর ছোটো ছেলে এয়ারপোর্টের অ্যাসেট ম্যানেজার তার সুবাদেই এই আসা টা সফল হয়েছে, নইলে রাত বিরেতে এটা পসিবল ভাব তো তুই ।" উর্জা সব শুনতে শুনতে বলে, 'ওহ তা বাবা আসেনি?"এমন প্রশ্ন শুনে উর্জার মা বেশ রাগান্বিত স্বরে বলেন, 'জানিস তো তোর বাবা হার্টের পেসেন্ট ।" উর্জা নিরাশ ভাবে বলে, ' ওহ ", ঘুমের রেশ এখনো কাটেনি, চোখ ঘষতে ঘষতেই মায়ের এরম আগমনের কারণ জানতে চেয়ে আবার বিছানায় গা এলিয়ে শুয়ে পড়ে । মা বেশ রাগী গলায় বলল, 'বারে! মাঝরাতে ওরম ফোনে কান্নাকাটি করলি আর এক কথা " আজ শেষ রাত ," তারপর হঠাৎ ফোন গেল কেটে । তোর বাবা দুশ্চিন্তায় পাগল হওয়ার জো । ফোন করেছিলাম মাঝরাতে? আবার কান্নাকাটি! এইসব যেন উর্জার কালকের ঘটনাকে আরো তীব্রভাবে ভাবিত করতে থাকে । বাথরুমের দরজা থেকে মায়ের গলা শুনে এগিয়ে যেতেই মা বলে উঠল," কিরে গলার চেইন টা বেসিনে পড়ে কেন ? কি যে করিস! কিছুই মাথায় ঢোকে না ।" মায়ের কথাগুলো শুনে ও না শোনার মত হয়ে বসে বসে কি যেন ভেবেই চলেছে উর্জা! হঠাৎ ফোনের আওয়াজে ঘোর কাটলো তাঁর । নির্মাল্য ৬-৬ বার ফোন করেছে মোবাইলে, পাই নি দেখে ল্যান্ডফোনে কল । উর্জাদের এই যুগেও ল্যান্ডফোন টা বেশ সপ্রতিভ । ফোনে হ্যালো বলতেই নির্মাল্য যেন ঝাঁপিয়ে পড়ল! কিরে, ' কতবার ফোন করেছি । কাল অত রাতে ফোন করলি, সে কি কান্না!" যত জিজ্ঞেস করি কি হয়েছে! শুধু এক কথা, "আজ শেষ রাত ", হঠাৎ করে এই কথা বলতে বলতে ফোনটা কেটে গেল । এরপর থেকে যতবারই ফোন করছি, নট রিচেবল বলছে । কি হয়েছে তোর? এতদুর থেকে কিছু করতেও পারছি না, গোটা রাত টেনশনে এদিক ওদিক করেছি । রজত, মোহনা এমনকি কাকিমাকে ও শেষে ফোন করি । মোহনার ফোন নট রিচেবল, আর বাকিরা কেউ তোকে ফোনে পাচ্ছে না । তারপর হঠাৎ কাকিমার ফোন! কাকুকে ও ফোনে এক কথা বলেছিস! এই শুনে আরো টেনশন বেড়ে গেল, না পারছি তোর কাছে ফিরতে না পারছি কিছু করতে, এপার থেকে উর্জা হতবাক হয়ে শুনছিল কথাগুলো! নির্মাল্য বলে, ' কিরে শুনছিস! কিছু বল! সব ঠিক আছে তো? " উর্জা অন্য মনস্ক হয়েই বলে, উমম্ .. বাড়ির হেলপিং হ্যান্ড রানী দি, কফি দিতে এসে দিদি বলে ডাকতেই হুশ ফিরলো উর্জার । দেখে সে অযথা ফোন কানে ধরে রেখেছে । অনেক্ষণ আগেই ফোন ছেড়ে দিয়েছে নির্মাল্য! কি হচ্ছে! কি শুনছে! কাল রাতে যা যা ঘটেছে তাহলে তা সবটাই সত্যি! তার কল্পনা নয়...কফির কাপে চুমুক দিতেই মা হাজির, ' কিরে উজি!" উর্জার বাড়ির নাম উজি । কাল রাতে কি হয়েছিল তোর? ' বাবাকে ফোনে যা বলেছিলি, একই কথা নির্মাল্যকে ও, কাল ঘরে

ফিরে একবারও ফোন করিসনি । এমন তো কখনো করিস না মা ! ” হ্যাঁ উর্জা ছোট থেকে বেশ দায়িত্ববান মেয়ে । কনভেন্টে পড়ার দরুন হোস্টেলে থেকেই বড় হওয়া । তাই বাড়িতে সময়মতো যোগাযোগের অভ্যেসটা তার ছোট থেকেই বেশ পোক্ত । সেই মেয়ে এই প্রথম সকালের পর একটাও ফোন না করেছে, না ধরেছে । উর্জার মা গভীর উৎকণ্ঠা নিয়ে স্নেহের কন্ঠে মেয়ের মাথায় হাত বোলাতে বোলাতে বলেন, ‘ কি হয়েছিল মা কাল তোর? ” কতটা দুশ্চিন্তায় পড়েছিলাম জানিস!” তোর বাবা হার্টের পেসেন্ট । সকাল থেকে শুধু উপর নীচ করে শেষে অত রাতে তোর ফোন পেয়ে তোকে কিছু বলার আগেই তোর অমন কান্না, সাথে ঐ এক কথা, কি যে গেল কাল রাতটা! কিরে? ঘাড়ে হালকা হাত পড়তেই উর্জা কিছু যেন বিড়বিড় করে উঠল । মনে তার একটাই প্রশ্ন, কাল যা ঘটেছে, ‘ তা কি সত্যিই নাকি তার কল্পনার এক অংশ ।” নাহ, কফির কাপে মুখ রেখে মনে মনে স্থির করে নিল সবটা জানতে হবে । মা তুমি কফি টা শেষ করো, আমি আসছি এক্ষুনি । মাকে এই কথা বলে, ‘উর্জা ব্যালকনি তে গিয়ে কাল বারোটার পর কাকে কাকে কল করেছে তার লিস্ট চেক করতে লাগলো.. সঙ্গে কফিতে চুমুক...” না একি! একি দেখছে সে!!! বারোটার পর তার ফোন থেকে কোনো কল তো যায়নি! না বাবার কাছে , না নির্মাল্যর কাছে অদ্ভুত বিষয়! তন্ন তন্ন করেও বারোটার পর কোনো কল লিস্টে বাবা, নির্মাল্য কে করা ফোনের হদিস পেল না । “কালকের রাত কি ছিল তার কাছে! মায়ের হাতে গলার চেনটাই বা এলো কি করে? ” শেষ অবধি তাকে তো টেনে নিয়ে গিয়েছিল ওই বাথরুমেই.... তাহলে কি?...!! মনে মনে কালকের সকাল থেকে ঘটনাগুলো পরপর সাজাতে থাকলো উর্জা ।

গতকাল পয়লা মে, অফিস ছুটি । উর্জা স্যান্যাল একজন নামজাদা জার্নালিস্ট হওয়ার সুবাদে তার নিয়ম মাফিক কোনো ছুটি নেই । সকাল সকাল বেরিয়ে পড়েছিল একটা ঘটনার রিপোর্ট নিতে । নির্মাল্য, যে উর্জার স্বামী, সে একটি প্রোজেক্টের বিষয়ে গত চার দিন বাড়ির বাইরে গোয়া তে । সেই সুবাদে বাড়ি ফাঁকা । গুন গুন করে গান গাইতে গাইতে, সকাল সকাল স্নান সেরে লোকনাথ বাবার মূর্তিতে সাদা ফুল গুলো সুন্দর করে সাজিয়ে রানী দি কে বলে, রাণী দি জলদি দুটো ব্রেড আর কলা দাও । রাণী দি রান্নাঘর থেকে জানাই, ও দিদি মণি ডিম টা সেদ্ধ বসিয়েছি যে । উর্জা উত্তরে বলে, ছাড়ো তোমার ডিম সেদ্ধ! রাতের জন্য কারি বানিয়ে রেখো । রানী দির থেকে ব্রেড কলা টা হাতে নিয়েই কোনো ক্রমে মুখে পুরে ফেলে গো গ্রাসে । তাঁর এই আকাশ লীনা চার তলা ফ্ল্যাটের একেবারে নীচে এক

নাগাড়ে হর্নের “পিপ .. পিপ”.. আওয়াজ। উর্জা বোঝে এ আর কেউ নয় রজত দা। সে কাঁধে কোনো ভাবে ব্যাগ টা ঝুলিয়েই হাতে কড়া পাওয়ারের চশমাটা নিয়ে রানী দি কে আসছি ; বলে বেরিয়ে পরে, তাদের অজানা ‘পোড়ো বাড়ির রহস্য ভেদ করতে।”

বাড়ি থেকে বেরোনোর আগে, এক বার বাবা-মা, আর এক বার নির্মাল্য কে ফোন করে কথা বলে নেয় যথারীতি।

আজ অফিসের গাড়ি বাড়ি থেকে পিকআপ করে উর্জাকে। বেশ সকাল-সকাল বেড়াতে হয়েছে। কি যেনো একটা ভিটে বাড়ির খবর পেয়েছে। অতি পুরনো, "বেলতলা" বলে এক গ্রামে। সোয়া দশটা নাগাদ রওনা হলো আমাদের টিম। আমি , মোহনা আর রজত দা। উনি এই অলৌকিক বিষয়ে স্টোরি তৈরি নিয়ে বেশ উৎসুক, তাই আমাদের সাথে চলে এসেছেন ক্যামেরার ওপারে থাকার দক্ষতায়। শেখর আজ বেশ মনোক্ষুন্ন। তাকে বাদ দিয়ে রজত দা নিজেই নিয়েছে এই দায়িত্ব। যাই হোক, আমরা বেরিয়ে পড়েছি সেই গ্রামের উদ্দেশ্যে।

প্রায় চার ঘন্টার পথ। বাগানের পর বাগান পেরিয়ে গাড়ি হু হু করে এগিয়ে চলছে। ড্রাইভ করতে করতে হঠাৎ রজত দা বলে ওঠে, ‘বেশ ইন্টারেস্টিং নিউজ কি বলিস তোরা?" সাথে এফএম রেডিও তে চলছে ‘ আজ কি রাত হোনা হে কেয়া?? পানা হে কেয়া?? খোনা হে কেয়া??” মোহনা বলে, ‘ ঠিক বলেছো রজত দা, চল দেখি কি কি ভূত দেখতে পাওয়ার সৌভাগ্য হয় , সাথে গানেও সেই এক কথা ‘আজ কি রাত .. কি পাবে? কি হারাবে?" মোহনার এই গানের শব্দ গুলো আওড়ানো শুনে একসাথে সবাই হেসে ওঠে “হো হো” করে।” এই আলোচনা চলছে তিনজনের। উর্জা কিছু একটা ভাবতে ভাবতে বলে, আচ্ছা রজত দা তুমি তো ডিটেইলস টা জেনেছো? শুনেছি বাড়িটি নাকি প্রায় দেড়শো বছর ধরে এরম ফাঁকা পড়ে আছে? রজত দা বলে, হমম্ রে, আরও ইন্টারেষ্টিং কি জানিস? মোহনা আর উর্জা একসাথে বলে কি? শোন তাহলে, পাড়ার লোক বলে, ‘একজন পাগলাটে বুক অবধি দাড়ি ওয়ালা মাথায় বিশাল জটা পাকানো লোক আবার তাঁর সাথে একদম থুড়থুড়ে বুড়ি, সেই বুড়ির চোখ দুটো নাকি ভীষণ ভয়ানক, এই দুজনের যাওয়াত এই পোড়ো বাড়ির ভেতরে।" বাকি কেউ সাহস করেনা ঢুকতে। মোহনা মিচকি হেসে, একটু গলা খাকারি দিয়ে বলে, ‘এই বুড়ো বয়সে রোম্যান্স করার এমন জায়গা আর কোথায় বা পাবে বলত তোমরা? রজত দা আর উর্জা বলে, তোর সব আলকুটেমি কথা

।" আবার কথা প্রসঙ্গে ফিরে আসে রজত দা। রজত দা বলে, 'এদের দুজনকে গ্রামের লোক, এই জমিদার বংশের বংশধর বলে মনে করে।" মোহনা একটু ব্যঙ্গাত্মক সুরে বলে, 'হুমম, তবে কোন যুগের তার হদিশ পাওয়া বড় মুশকিল কি বল রজত দা? এই বলে ফিক করে হেসে ফেলে।" রজত দা একটু হেসে আবার শুরু করেন, তবে এই দুজন রোজ যাওয়া আসা করে এই পোড়ো বাড়ির ভেতরে। তাদের নাকি ঠিক সন্ধের আগে বাড়ির ভেতরে প্রবেশ করতে দেখেন গ্রামের লোকেরা। তারপর আর কোন সাড়া শব্দ পাওয়া যায়না, সেই বাড়ি থেকে। শুধু রাতে ভেসে আসে নানান আওয়াজ, কখনো হাসি কখনো কান্না আবার কখনো নূপুরের ছুম ছুম শব্দ। মাঝে মাঝে একটি বাচ্চা মেয়ের করুণ স্বরে 'মা" ডাক ভেসে আসে। উর্জা হটাৎ উদাস হয়ে পড়ে। নানান ধরণের আলোচনা করতে করতে পৌঁছতে পৌঁছাতে প্রায় তিনটে বেজে গেল আমাদের। গ্রামের এক মোড়ের মাথায় পৌঁছে দেখি বেশ নিরিবিলি। গাড়ি থেকে নামতেই একটা অদ্ভুত টান অনুভব করি এই অজপাড়া বেলতলা গ্রামের প্রতি। মনে হয় কত কাল যেনো আমার এখানেই কেটেছে। দোকান পাটের কোন বালাই নেই। দূরে এক চায়ের দোকান পাশে গরম গরম কচুরি ভাজা হচ্ছে। সকলের বেশ খিদে পেয়েছে। তাই দুপুরের আহার বলতে সেই কচুরি আর আলুর তরকারি। খিদের জ্বালায় বেশ কয়েকটা খেয়ে ফেললাম সকলে এবং সেখান থেকে সেই বাড়ির যাওয়ার পথটাও জেনে নিলাম।

দোকানের লোকটি বেশ উৎসুক হয়ে নিজে থেকেই অনেক সাহায্য করল আমাদের। সাথে তার ছেলে বিমল কে পাঠালো পথ চিনতে যেন অসুবিধা না হয় তাই। তবে কচুরির দোকানদার সুবীর দা ওই বাড়ির পথে যাওয়ার আগে সবাইকে পুনঃ পুনঃ বলে দিলেন ছয়টার আগে ফিরে আসতে, 'দিদিমণি দাদা বাবু শুনুন যে কাজই করুন না কেনো সন্ধ্যে নামার আগে ফিরে আসবেন কিন্তু।" কারণ গ্রামের একদম শেষ মাথায় সেই পুরনো ভিটে। গ্রামের লোকেরা সেটাকে ভুতুড়ে বাড়ি বলেই জানে। কেউ খুব একটা সেদিকে যায় না। শুধু তার কিছু দূরে বহু পুরোনো গ্রাম দেবতার এক মন্দির থাকার সুবাদে, বছরের অমাবস্যা তিথিতে আজও সেখানে পুজো হয় গ্রামের কল্যাণের জন্য। সেই দেবতাই নাকি ঐ বাড়ির অপদেবতার হাত থেকে গ্রামকে বাঁচিয়ে রেখেছে। বেশ কিছু জানা হয়ে গেল দোকান মালিক সুবীর বাবুর থেকে। 'আমরা মনে মনে ভাবলাম আজ এই সারা রাত এই পোড়ো বাড়ি আমাদের দখলে এই ভাবতে ভাবতে

একে অপরের মুখ চাওয়া চাওয়ি করে বললাম হুম ।" এবার পালা ওই বাড়ির দিকে যাওয়ার ।

এখন প্রায় সাড়ে তিনটে বাজে । পৌঁছতে পৌঁছতে আরো কুড়ি মিনিট লাগলো । যা বাজে রাস্তা । ধুলোয় গোটা শরীর ঢাকা সকলের । বিমল গাড়ি থেকে বাড়িটা আঙ্গুল দিয়ে দেখিয়ে বলল, "ওই যে সেই পোড়ো বাড়ি টা" সত্যিই বাড়িটা বড় অদ্ভুত! হঠাৎ প্রথম বার কেউ দেখলে মনে হবে হাজার মৃত দেহের সমাবেশে এই পোড়ো বাড়ি ঘেরা । বিমল বলল, 'এইখানে ই গাড়ি দাঁড় করান, গাড়ি আর এগোবে নে সামনে ।" অজ্ঞতা আর কথা না বারিয়ে গাড়ি থেকে সব সামগ্রী নিয়ে নামতে নামতে ছক কষে নিলাম কিভাবে কাজ শুরু হবে । আমাদের কাজ সন্ধ্যের পর থেকে শুরুর কথা । আসল সত্যি কি! কোনো রহস্য রয়েছে কিনা! তার প্রতিবেদন তৈরি করা, আর ভালো লেখা হলে তো, বেশ ভালো গিলবে পাঠকেরা । হাঁটা শুরু করি সকলে । বেশি দূরে নয় আর মিনিট পাঁচেকের পথ । সামনের পথ চারিদিক দিয়ে বড় শাল সেগুনে ঢাকা পড়ে আছে । পরিবেশ টা কেমন স্যাঁতস্যাঁতে । মে মাসের গরমে যেন গা জ্বলে যাচ্ছে । কেন যেন আকাশ আজ বেশ থমথমে । ঈশান কোণে কালো মেঘ জমেছে গাঢ় হয়ে । বৃষ্টি নামবে বেশ জোড়ালো ।

শুকিয়ে যাওয়া পাতার ওপর দিয়ে একটা অতি সরু পথ চলে গেছে নাকি ওই পোড়ো বাড়ির পথ ধরে... আমরাও এগোতে থাকি সেই খসখসে পাতা মাড়িয়ে সামনের দিকে । যত এগোতে থাকি তত কেনো যেনো, আমার বারবার মনে হয়, "এ পথ আমার পূর্ব পরিচিত ।" এগোনোর সাথে সাথে চারিদিক থেকে কানে ভেসে আসে উলুধ্বনি সাথে একাধিক লোকের উচ্চ জয় ধ্বনি 'জয় নতুন বউরানী মার জয় ।" যেদিকেই তাকাই অস্পষ্ট লোকের ছায়া ভেসে উঠেই যেনো মিলিয়ে যাচ্ছে বাতাসে । একাধিক আওয়াজের কম্পনে সেই শব্দ গুলো বারংবার তরঙ্গের মত কেঁপে ওঠে বাতাসের গায়ে গায়ে । এই কম্পিত আওয়াজে কান যেনো ফেটে যাচ্ছে উর্জার এমন দশা, চোখ মুখ কুঁচকে কান চেপে ধরতেই হটাৎ মোহনা পিঠে আলতো হাত রেখে বলে, উর্জা দি এই উর্জা দি কি গো কি হল তোমার? আচমকা চোখ মেলতেই দেখি নাহ্ কোন আওয়াজ তো নেই আর আমরা চারজন ছাড়া আর কারো অস্তিত্ব ও নেই । চারিদিক পুরো নিস্তব্ধ শুনশান... নাহ্, আমি তো এখানে কখনো আসিনি । এসবই মনের ভ্রম । যাইহোক, এদিক ওদিক চেয়ে চেয়ে হাঁটতে থাকি গন্তব্যে ।

বাড়ির সামনে এসে পৌঁছতেই আমার চোখ পড়ে বাড়ির সামনের দরজার ঠিক ডান, পাশে সাদা পাথরে বাঁধানো 'বেলতলা মা অন্নপূর্ণা জমিদার বাড়ি, স্থাপিত ১৭৬৭ সাল,২৬ সে চৈত্র"ধুলোতে ঢাকা পুরো,অস্পষ্ট লেখা বোঝা যাচ্ছে। রজত দা কে দেখি বাড়ির একদম সামনে গিয়ে একটা কাগজের টুকরো দিয়ে লেখার ওপর জমে থাকা ধুলো গুলো পরিষ্কার করতে করতে বলেন, বাবা লেখা দেখেই বোঝা যাচ্ছে বহু পুরনো বাড়ি। দেওয়ালে দেওয়ালে বহু যুগ ধরে বট অশ্বত্থের শিকড় বিরাজমান। বাড়ির সদর দরজার মাথায় বিশাল পাঁচ মাথা বিশিষ্ট এক পৈশাচিক মূর্তির স্তম্ভ ভাঙা চোরা অবস্থায় আজও বিরাজমান, গাড়ি থেকে নেমেই প্রথমে এই স্তম্ভ নজরে পড়েছিল সকলের। প্রথম দেখাতে আত্মারাম খাঁচা ছাড়া হবে। এমন হিংস্র তাঁদের লোলুপ দৃষ্টি। চোখ গুলো আজও যেনো জীবিত, জ্বল জ্বল করছে জলন্ত ভাটার মত, হটাৎ বিমল পিছন থেকে মাটি থেকে একটা লাঠি কুরিয়ে হাতে ঘোরাতে ঘোরাতে উর্জার মুখের দিকে চেয়ে বলে, 'জানেন দিদি মণি প্রতি অমাবস্যা আর পূর্ণিমাতে প্রাণ ফিরে আসে এদের শরীরে। বহুকাল আগে এই বাড়ির পূর্বপুরুষ নিজ হাতে এই পাঁচ জন্তুর শিকার করে মাথা কেটে এই স্তম্ভ বানিয়েছিলেন বিশেষ কারিগর দিয়ে, সেই কারিগর তিন রাত্রি তিন দিন জেগে এই বিশেষ স্তম্ভ বানিয়েছিলেন। যেই রাত্রে এই স্তম্ভ সম্পূর্ণ হয় শোনা যায় পরদিন ভোরে জমিদার বাবু সেই ঘরে গিয়ে ওই কারিগর কে আর খুঁজে পাননি কয়েকটা হাড় মাটিতে পড়ে গড়া গড়ি খাচ্ছিল। আর সেই পাঁচ মাথার চোয়ালে রক্তের দাগের চিহ্ন ছিল। সেই বিশেষ দিন গুলিতে এরা রাত হলে এরা ঘুরে ঘুরে পাহারা দেয় এই ভিটে আজও।।" হা হয়ে তিন জনেই বিমলের কথা গুলো মন যোগ দিয়ে শুনতে শুনতে হাঁটতে থাকে ধীরে ধীরে। অন্য দিকে রজত দা অলরেডি ভিডিও করা শুরু করেছেন কিছু কিছু। রজত দা বাইরে থেকে বাড়িটা কে প্রদক্ষিণ করতে করতে একটু ভাবুক চেতা কন্ঠে নিজের অমন ছুঁচলো চিবুক খানায় হাত বোলাতে বোলাতে ভ্রু জোড়া নাচিয়ে বলেন, ' বুঝলি! বাড়ি টা তে কিছু তো একটা ব্যাপার আছে।" 'বলতে না বলতেই সামনের শিমূল গাছ টা মরাত করে আচমকা ভেঙ্গে পড়তেই চমকে উঠলো সকলে।" তারপর কিছুটা ধাতস্ত হয়ে মোহনা বলে ওঠে, ' বাবা আমি তো ভয় পেয়ে গেছি পুরো। ভাবলাম এই বুঝি কোনো পেত্নী আমার ঘাড়ে এসে বসলো এই বলে উর্জার দিকে তাকিয়ে মুচকি মুচকি হাসতে লাগলো সে।" উর্জা এখানে আসার পর থেকেই বাড়ির চারপাশে কিছু যেনো খুঁজে চলেছে, কেমন যেনো আনমনা। একটু ভাবুক চেতা হয়েই সে বলে, 'জানো এই পোড়ো বাড়ির অন্দর মহলে জমিদারের উত্তর দিকের ঘরের সাথে লাগোয়া

একটা পুষ্করিণী আছে বেশ সুন্দর।" রজত আর মোহনা অবাক হয়ে বলে, 'তুমি কি করে জানলে?" চলো দেখি কোথায় তোমার কল্পনার পুষ্করিণী এই বলতে বলতে তারা ভেতরে প্রবেশ করতেই বিকট আওয়াজ করে বজ্রপাতে পিছনের কোন গাছ মরাত করে ভেঙে পড়লো আবার। চমকে উঠে রজত দা বলেন, 'এই ছাড়ো যে কাজে এসেছি সেই কাজ গুলো সারি আগে। চলো চলো বাইরের চলো।" কিন্তু কে শোনে কার কথা। ভিতরে ঢুকে ডান দিকে এগোতেই একটা উৎকট পচা দুর্গন্ধ ভেসে আসে নাকে। প্রত্যেক দেওয়ালের গায়ে গায়ে যেনো শোনা যায় চাপা নিঃশ্বাস এর আওয়াজ। উর্জা কে ফিসফিস করে কেউ বলে, 'আয় আয় তোর অপেক্ষাই কত কত দিন গোনা।" উর্জা সেই মুহূর্তে চমকে পিছন ফিরতেই দেখে কেউ কোথাও নেই,সে ভাবে এ সবই তাঁর কল্পনা, মনের ভ্রম। কিছু দূরেই মোহনা রজত দা মোবাইলের টর্চ জ্বালিয়ে আসছে সাবধানে পা ফেলে চারিদিক দেখতে দেখতে। দেওয়ালের গায়ে শ্যাওলা ভর্তি, একটা সেদো সেদো গন্ধ চারিধারে। ঘুটঘুটে অন্ধকার ... উর্জা আপন মনেই এগিয়ে চলেছে সামনে কোন এক অতীতের টানে। মোহনা পিছন থেকে চেঁচিয়ে বলে, 'আরে দাঁড়াও উর্জা দি এইভাবে অচেনা জায়গায়, একা সামনে এগিয়ে যেও না।" উর্জা পিছনে ঘুরে একটু চেঁচিয়ে বলে, 'আরে কিচ্ছু হবে না তোরা আয় আস্তে আস্তে এই বলে হাঁটতে থাকে সামনের দিকে চোখে মুখে ওর হাজার কৌতুহল।" আগে থেকেই ও যেনো সব চেনে, কিছুটা এগোতেই তারা লক্ষ্য করে ডানদিকে মোড় নিতেই একটা বিশাল ভাঙা চোরা ঘর, সেই ঘর লাগোয়া সামনে খানে মাঝ বরাবর ঠিকই একটা সেত পাথরে বাঁধানো অতি পুরোনো পুষ্করিনী যার জল এখনো টল টল করছে। মনে হয় আজও কেউ রোজ স্নান সারে এইখানে। এক নিঝুম গা ঝাড়া দিয়ে ওঠে রজত আর মোহনার। রজত দা বলেন, 'কি ব্যাপার উর্জা আমাদের আগে তুমি একা একবার ঘুরে গেছো নাকি এই জায়গা?" উর্জা উদাস ভাবে বলে, 'না তো! তবুও জানো কেমন যেন বহু চেনা এই বাড়ির ভেতর চারিপাশ।"

দেখতে দেখতে ঘণ্টা খানেক কেটে গেছে। এখন প্রায় চারটে বেজে কুড়ি মিনিট। সকলে বাইরে বেরিয়ে এসেছি আবার। বিমল সব দেখিয়ে দিচ্ছে আমাদের কোন দিক দিয়ে গেলে সুবিধা হবে। সে নাকি আরো ছোটবেলায় বন্ধুদের সাথে খেলতে খেলতে এই বাড়ির ভেতর বারান্দায় ঢুকে পড়েছিল। চারিদিক অন্ধকার থাকায় বেশ ভয় পেয়ে ওরা পালিয়ে আসে। আর কখনো এই বাড়ির চৌকাঠ পেরিয়ে ভেতরে আসে নি সে। বেশি কিছু জানা হলো না তার থেকে। তার আগেই পেছন থেকে ডাক

শোনা গেল সেই গ্রামের একটি লোকের। লোকটি বেশ ভয় মিশ্রিত গলায় বলল,' কিরে বিমল এখনো এখানে কি করছিস?"জানিস নে বৈকালের পর এদিকে কেউ আসে নে। সাথে আমাদেরও ফিরে যেতে বললেন তাড়াতাড়ি কাজ সেরে। তিনি হাট থেকে ফিরছেন সঙ্গে একটি সাইকেল। আমাদের থাকার প্ল্যান রয়েছে এই জানিয়ে বিমল কে ওনার সাথে ফিরে যেতে বললাম। উনি এই শুনে বললেন, ' বাবুরা শহর থেকে এ্য়েছেন তাই জানেন নে, এ জায়গা ভালো লয় গো, ফিরে চলুন নইলে বিপদে পড়তে হবে কিন্তু।" একে অপরের মুখের দিকে চেয়ে বিমল কে ওনার সাথে ফিরে যেতে বললাম। বিমল চলে যেতেই রজতদা কাছে এসে জানায় পেছনের দিকে তিনটে দরজা আছে। দেখে মনে হল বহুদিন যাবত বন্ধ। মোহনা টয়লেটের খোঁজ করছিল। অনেকক্ষণ ট্রাভেল করে ও একটু ক্লান্তি বোধ করছে। কাছাকাছি কিছু না পাওয়ায় সামনের এক ঝোপের মধ্যে ওর সাথে গেলাম। এই জঙ্গল টা ভিটের ঠিক পেছনে। বড় বড় বট গাছের ঝুড়ি নেমে এসে চারি ধারে ছেয়ে গেছে। চারিদিকে অন্ধকারাচ্ছন্ন। আসেপাশে জংলী ফুলের সমাবেশ। সামনে এগোতে গিয়ে দেখি কিছু লাল কাপড়ের টুকরো পড়ে আছে, ভেতর থেকে উঁকি দিচ্ছে সুপরি লেবু। কথায় কথায় দুজনে আবার ফিরে আসি। নিজের নিজের পজিশন নিয়ে শুরু করি কাজ। প্রথমে দোকান থেকে পাওয়া তথ্যগুলো পরপর সাজিয়ে বলতে থাকি। তারপর বাড়ির চারিদিকে খুঁটিয়ে খুঁটিয়ে পরিদর্শন। রজত দা বেশ মন দিয়ে ভিডিও করে যাচ্ছে, প্রয়োজনীয় বেশ কিছু ছবি ও নিয়ে ফেলেছে ইতিমধ্যে। বেশ কিছুক্ষণ এইভাবে কেটে গেছে, এখন প্রায় সোয়া পাঁচটার দিকে কাঁটা। দিন এখন বেশ বড়, এখনো আকাশে যথেষ্ট দিনের আলো দেখা যাচ্ছে। সূর্যের তেজ ধীরে ধীরে কমছে। আমরা সেই ভদ্রলোক আর ভদ্র মহিলার অপেক্ষা করছি, ওনারা রোজ সন্ধ্যেবেলায় এখানে আসেন। ওনাদের থেকেই সব জানার ইচ্ছে রয়েছে। বেশ কিছুক্ষণ অপেক্ষার পর সত্যিই একজন কে এদিকে এগিয়ে আসতে দেখি। দূর থেকে দেখে বয়স ঠিক ঠাউর করা সম্ভব নয়। কেমন যেনো উদ্ভ্রান্ত মত মাথার ওপর ইয়া বড়ো এক জটা পরনে পুরনো জরাজীর্ণ এক লাল বস্ত্র গলায় অসংখ্য মালা, উনি আসছেন ক্রমাগত এগিয়ে ধীরে ধীরে এক মন্ত্র বলে..... পিছনে এক শীর্ণকায় বুড়ি। হাতে লাঠি ধরে ধীর পায়ে বাড়ির দিকে এগিয়ে আসছেন। যত এগোচ্ছেন হাওয়ার গতি ওনাদের আসার সাথে পাল্লা দিয়ে ক্রমশ বেড়েই চলেছে। এক পলক তাকাতেই ওনার চোখ দুটো দেখে সত্যিই কেমন যেন এক ভয় অনুভব করি। আমরা সব নিশ্চুপ ; মহীভূত হয়ে দেখছি ওনাদের দিকে... ক্রমাগত দিনের আলো দুজনের গতির সাথে সাথে নিভে যাচ্ছে। ঠিক কি হচ্ছে ; কি ঘটছে ; কি হতে চলেছে বুঝে উঠতে

পারছি না। হঠাৎ অসম্ভব হাওয়া বইতে লাগলো । মোহনা বেশ ভীত হয়ে সরে আসতেই কি যেন এক ধাক্কায় তিনজনই ছিটকে পড়লাম। শুধু আঃ করে মোহনার একবার গলা ভেসে আসে.... তারপর চারিদিক অন্ধকার অন্ধকার.... চোখের জ্যোতি যেন ধীরে ধীরে কালো হয়ে অন্ধকারে বিলীন হয়ে গেল ....

চেতনা ফিরে বুঝলাম জ্ঞান হারিয়েছিলাম। একটু নড়তেই এক তীব্র যন্ত্রণা অনুভব করি। বিশেষ কিছুতে আঘাত লাগার দরুণ মাথা টা এখনো ঝিম ঝিম করছে উর্জার। নিশ্চিদ্র গাঢ় অন্ধকারে চারিদিক ঢাকা। অন্ধকারে কিছুই যেন দেখতে পাচ্ছি না। একবার রজত দা একবার মোহনাকে ডাকলাম। কোথায় তারা,কারো কোনো সাড়াশব্দ নেই। হঠাৎ তীব্র এক আলোর ঝলকানি আর দুটো ভয়ানক হাত ক্রমশ এগিয়ে আসছে ... আলোর ঝলকানিতে হাত দুটোর অস্তিত্ব দেখে আঁতকে উঠি। কয়েক সেকেন্ডের মধ্যেই সেই আলোর ঝলকানি নিভে গেলে আমি ঢোক গিলতে গিলতে কে কে বলার সাথে সাথেই দেখি ভয়ানক এক গো গো আওয়াজ চমকে তাকাতেই বুঝি শীতল একটা হাত যা সাপের শরীরের চেয়েও ঠান্ডা আমার চুলের গোড়া ধরে টেনে নিয়ে যাচ্ছে কোনো একদিকে। এত টুকু বোধগম্য হচ্ছে যে, আমি কোনো বাড়ির ভেতরে রয়েছি, কোন পাথরের মোঝের মতো কিছু, যার ওপর দিয়ে ক্রমাগত আমাকে কেউ টেনে টেনে নিয়ে যাচ্ছে, আর একটা শব্দ বারংবার শুনতে পাচ্ছি ' আজ শেষ রাত".... একসময় মায়ের কথা হঠাৎ মনে পড়তে লাগলো। অসহ্য বেদনায় আমার মুখের আওয়াজ বেরোচ্ছিল না। মা ছোটবেলায় বলতেন কোন ভয় স্পর্শ করতে পারে না সাথে স্বয়ং ভগবানে আশীর্বাদ থাকলে। তাই গলায় পরিয়ে দিয়েছিলেন এক সোনার চেন, আগাগোড়াই জেনে এসেছি সেই চেন বিশেষ মন্ত্রপূত। বেনারসের এক পুরোহিতের দেওয়া। হঠাৎ সেই কথা মনে হতেই গলায় কোনরকম হাত দিয়ে মৃত্যুঞ্জয় মন্ত্র জপ করতে লাগলাম।

‘ওঁ ত্র্যম্বকং যজামহে সুগন্ধিং পুষ্টিবর্ধনম্।

উর্বারুকমিব বন্ধনান্ মৃত্যোর্মুক্ষীয় মাঽমৃতাৎ।।”

হঠাৎ দেখি তার শক্তি যেন আরো প্রবল হতে লাগলো । আমি আরো জোরে মন্ত্র পড়তে থাকলাম। একসময় শরীর থেকে কিছু একটা যেন জোর ধাক্কা দিয়ে সরে গেল। চারিদিক গাঢ় অন্ধকারে ঢাকা। কোথায় আছি! এখন সময় কত! তার কিছুই বুঝে উঠতে পারছি না । মাথার চুলে টান পড়ার কারণে বেশ ব্যথা অনুভব করতে করতে একটা চিন্তা ভীষণ ঘুরপাক খাচ্ছে, কোথায় রজত দা? কোথায় মোহনা? একটু উঠে দাঁড়িয়ে নিজ শক্তি বলে এগিয়ে যেতে থাকি । কিছুদূর থেকে যেন এক কান্নার আওয়াজ । কোনো এক মেয়ে খুব কষ্টে ফুপিয়ে ফুপিয়ে কাঁদছে, মনে হলো যেনো খুব কাছের কেউ, কি আর্তনাদ ভরা   সেই আওয়াজ, মনটা যেনো হটাৎ মোচড় দিয়ে উঠলো ওরম আওয়াজ শোনার পর । ক্ষণিকের মধ্যেই হঠাৎ সেই আওয়াজ যেন কেউ জোর করে থামিয়ে দেয়,আমি এই অন্ধকারে নিজেকে আরও একা অনুভব করতে করতে এক ঘোর আতঙ্কের মধ্যে মোহনা আর রজত দা কে পুনরায় নাম ধরে ডাকতে থাকি । মোহনা! মোহনা! রজত দা! কারো কোনো সাড়া শব্দ নেই,গেল কোথায় তারা? আর আমিও বা কোথায় রয়েছি? কে আমায় ধরে টানাটানি করছিল? সেই বুড়ো ভদ্রলোক   আর ওই মহিলা ই বা কোথায়? সব মিলিয়ে এক গোলক ধাঁধায় পড়ে মাথায় চক্কর দিতে লাগে । আমি আবার বেহুশ হয়ে পড়ি । কখন যেন রাত পেরিয়ে ভোরের আলো চোখে আসতেই চমকে উঠি । কিভাবে আমি নিজের ঘরে এলাম? জানলায় বা খোলা কেন? পর্দা কে সরালো সব মিলিয়ে সেই রাতের ঘটনা মনে করতে থাকি । কাল একা একটা রাত কোথায় কিভাবে কাটে! তার সঠিক উত্তর আমার নিজের কাছেও নেই । হয়তো আমার এই একা একটা রাতের সব উত্তর লুকিয়ে ওই পোড়ো বাড়ির মধ্যেই । ভাবতে ভাবতে ভগবানকে ধন্যবাদ জানালাম । সাথে সাথে ফোন নিয়ে প্রথমেই মোহনাকে ফোন করি । ফোন ধরে মোহনার মা । মোহনার খবর নিতেই জানতে পারি, সে কাল বাড়ি ফেরেনি । তার ফোনটা ঘরে ফেলে গেছিল । শুনে চমকে উঠলাম.... তাহলে কি মোহনা!!! সেই

মুহূর্তে ক্রিং-ক্রিং - ক্রিং রজত দার ফোন, কিরে ঠিক আছিস? তোদের কি ব্যাপার বলতো, দুজনে মিলে তোরা সেই যে পেছন দরজা দেখতে গেলি আর কোন পাত্তাই নেই । ভাবলাম আমার সাথে মজা করার জন্য ওখান থেকে আগেই কেটে পড়েছিস, তোরা ভাবলি আমি ভয় পেয়ে যাবো, শেষে আমি বাড়ি ফিরে আসি । কথাগুলো শুনতে শুনতে গলা শুকিয়ে কাঠ আমার । মোহনা! মোহনা! সে কোথায়? তাহলে কি সে পোড়ো বাড়ির ভেতর কাল আমি একা না সেও একা একটা রাত সেই অশরীরির কবলে... এই বলেই মাটিতে বসে পড়ল উর্জা ।

দরজায় কে সে?

আজ ২৬ শে মে ২০০১, নির্মাল্য বেশ কয়েকদিন ওয়ার্ক ফ্রম হোম করবে বলে সিদ্ধান্ত নিয়েছে, কারণ ডক্টর বলেছেন, 'উর্জার সাথে সাথে থাকতে, এদিকে মা অনেক দিন ধরেই ছিলেন এখানে । বাবা শিলিগুড়িতে একা তাই মা ফিরে গেছেন বেশ কয়েকদিন আগে, " যাওয়ার আগে আমার হাত ধরে বলেন, ' উর্জার সাথে সাথেই থাকতে । " আমিও সেই রকম করার চেষ্টা করি কিন্তু কোথাও যেন এক পাঁচিল সৃষ্টি হয়েছে এই কদিনে আমাদের । এক দৃষ্টিতে উর্জার দিকে তাকিয়ে এই কথাগুলো অনবরত মাথায় ঘুরে বেড়াচ্ছে । আজ হঠাৎ উর্জা নিজেই কফি বানিয়ে আনে, দাঁড়াই নির্মাল্যর পাশে খুব নিবিড়ভাবে যেন নির্মাল্য কে পেতে চাই । ওর চোখের দৃষ্টি যেনো ভারী অদ্ভুত! কিছু যেন বলতে চাই, টুকটাক কথা চলছে দক্ষিণ দিকের ব্যালকনিতে দাঁড়িয়ে । তবে আজ আবার আগের মত উর্জা । হাতে কফির কাপ পাশে নির্মাল্য এই সন্ধ্যেটা তারা এরকম ভাবে উপভোগ করে, সারাদিনের পরিশ্রমের পর এই কলকাতার যানজটের মাঝে ঘরের কোণে এইটুকু সময় একে অপরকে বিলীন করে দেয় । আজ সেই দিনটি অনেক দিন বাদে আবার দুজনে একে অপরের সাথে উপভোগ করছে সেই ঘটনার পর । সেই ঘটনার পর থেকে উর্জা যেন বেশ চুপচাপ থাকে, মাঝে মাঝে অদ্ভুত আচরণ করে নির্মাল্য এই বিষয়টা অনেকদিন ধরে নোটিশ করছে, সে ভাবতে থাকে মোহনার এইভাবে হারিয়ে যাওয়াটা সে কিছুতেই মেনে নিতে পারছে না । এক এক সময় নির্মাল্য র মনে হয় উর্জা রীতিমতো কারো সাথে কথা বলে চলেছে, কোন কিছু জানার চেষ্টা করছে, ঠিক রাত গভীর হলেই এই বিষয়টা লক্ষ্য করে উর্জার প্রত্যেক ঘরের দরজার পাশে গিয়ে উর্জা যেন এমন কিছু দেখে! ক্রমশ কিছু বলে চলে তাকে ধরতে চাই এরকম অদ্ভুত দৃশ্য নির্মাল্য কে দিন দিন আরো ভাবিয়ে তুলছে । কিন্তু উর্জার কাছে সেই প্রশ্ন করলে ও যেন এড়িয়ে চলে এই বিষয় । ওই দরজার অন্তরালে এমন কোন রহস্য লুকানো রয়েছে সেই নিয়ে নির্মাল্য বেশ ভাবিত । মোহনার সাথে উর্জার খুব মধুর এক সম্পর্ক ছিল সেই মোহনা এতদিন যাবৎ মিসিং, আর সত্যিই তো মোহনার খবর এখনো কিছু পাওয়া যায়নি । পুলিশ রীতিমতো চেষ্টা চালাচ্ছে । তাদের এই ঘটনার পর সেই পোড়ো বাড়ির সামনে বড় করে সাইন বোর্ড ঝোলানো হয় । যাতে সেখানে কেউ প্রবেশ করতে না পারে, মাঝে মাঝে উর্জার কাছেও মিস্টার লাহিড়ী আসেন সেই দিনের ঘটনা সঠিক জানার জন্য হঠাৎ কেমন যেন বদলে

গেছে উর্জা নির্মাল্যর জীবন সেই চটপটে উর্জা যেন কোথায় হারিয়ে যাচ্ছে ধীরে ধীরে, হঠাৎ উর্জা অন্যমনস্ক হয়ে দৌড়ে যায় দরজায়! দরজায় কে! কে সে দরজায়! পয়লা মেয়ের পর থেকে এক রহস্যময় ঘটনা একের পর এক ঘটে চলেছে। খবরের কাগজে সেই পোড়ো বাড়ির ঘটনা বেশ সাজিয়ে গুজিয়ে বলা হচ্ছে সাথে চলছে মোহনার মিসিং পর্ব উর্জা ও বাদ যায়নি এই খবর থেকে । তাকে কিভাবে কোথায় পাওয়া যায় সব খবর নিয়ে তৈরি হয়েছে এক রঙ মশাল রহস্যময় নিউজ। বলা হচ্ছে ওই বেলতলা এলাকার ভুতুড়ে বাড়িতে আটকে রয়েছে মোহনা সেন । অলৌকিক ঘটনা ঘটে গেছে মোহনার জীবনে । আদৌ জার্ণালিস্ট মোহনা সেন বেঁচে আছেন কিনা তা নিয়ে চলছে রহস্যময় নিউজ,প্রাণ নিয়ে বেঁচে ফিরেছেন এক অতি সৌভাগ্যশালী সাংবাদিক উর্জা স্যান্যাল। রজত দা বেশ গম্ভীরভাবে আরো গুছিয়ে তেল মশলার মাত্রা বাড়িয়ে বেশ যেন টেস্টি করে ফেলেছে এই ঘটনাকে। তবে এর কিছু অংশ সত্যিই উর্জা উড়িয়ে দিতে পারেনা কারণ মোহনা সত্যিই মিসিং, প্রায় ২৬ দিন হয়ে গেল। উর্জা ক্রমশ এই ভাবেই চলেছে দ্বিধা দ্বন্দ্বের মধ্যে এটাও জানে না তার ফিরে আসা কিভাবে! কে তাকে নিয়ে এলো! আর তারপর ঘটে চলেছে একের পর এক খেলা..কোনো এক শক্তি রয়েছে যা প্রতিনিয়ত তার সাথে থাকে ওই দরজার অন্তরালে । যেন সেই অন্তরালে রহস্য অনেক অনেক কিছু জানাতে চাই উর্জাকে এই ভাবতে ভাবতেই হঠাৎ উর্জা অন্যমনস্ক হয়ে দৌড়ে যায় দরজার দিকে! দরজায় কে! কে সে দরজায়???

দরজা খুলতেই চমকে উঠে সে, ব্যালকনি থেকে নির্মাল্য ও দৌড়ে আসে, দরজার ওপারে কে? যাকে নিয়ে টিভি নিউজপেপার সব জায়গায় শোরগোল যেখানে, সে যে আর কেউ নয় স্বয়ং মোহনা! যাকে নিয়ে রীতিমতো তোলপাড় চলছে। মোহনার বাড়িতে কান্নাকাটি হয় রোজ। মোহনার খোঁজ না পাওয়ায় আর সেই মোহনা দরজার ওপারে দাঁড়িয়ে! একদৃষ্টে উর্জার দিকে তাকিয়ে, মুখটা স্পষ্ট দেখা যাচ্ছে না, লাইটের আলো তার মুখ অবধি না যাওয়ার দরুন। গলার স্বর যেন আরো ভারী হয়ে গেছে জ-জ-ল জল খাব, উর্জা দৌড়ে গিয়ে জল নিয়ে আসে, আনা মাত্র এক ঢোকে চো চো করে সব টুকু জল খেয়ে ফেলে মোহনা। মোহনাকে আগের থেকে অনেক বেশি রুগ্ন দেখাচ্ছে। চোখ পুরো লাল হয়ে আছে। চুলগুলো উস্কো খুস্কো অন্যরকম দেখাচ্ছে । হঠাৎ মোহনা বলে বসে, ' উর্জা দি আমি এখানে থাকতে চাই কিছুদিন। আমার অনেক কিছু বলার আছে তোমাকে। " নির্মাল্যর কেমন যেন অদ্ভুত লাগে পুরো বিষয়টা! উর্জা একেবারে রাজি হয়ে যায় বরং আরো উৎসাহ পায় ওকে রাখতে, যাইহোক

আমি মনে মনে বিষয়টা মানতে না পারলেও মুখে কিছু প্রকাশ করি না কাল অবশ্য আবার আমাকে গোয়া যেতে হচ্ছে তাই উর্জাকে একা রেখে যেতে মন চাইছিল না, তাই বোনকে আসতে বলেছিলাম আগামীকাল । কিন্তু মোহনা আসা তে তাকে বারণ করে দেবো ভাবলাম । এই ভেবে উঠে যেতেই লক্ষ্য করলাম মোহনা এক দৃষ্টিতে উর্জার গলার দিকে তাকিয়ে যেন কিছু ছিনিয়ে নেওয়ার চেষ্টা করছে । আমার দৃষ্টি এড়াতে ও চোখ নামিয়ে নিয়ে এবং একটু বিশ্রাম নিতে চায়, এই বলে পাশের ঘরে চলে যায় ।

ঘড়ির কাঁটা এখনো প্রায় ৯ টা ছুঁই ছুঁই । উর্জা যথারীতি মোহনার বাড়িতে তার ফিরে আসার কথা জানিয়ে রাতের ডিনার রেডি করতে থাকে । হঠাৎ উর্জা লক্ষ্য করে দরজায় গা ঘেঁষে মোহনা দাঁড়িয়ে তার দিকে এক দৃষ্টিতে তাকিয়ে আছে । মোহনা কে দেখে মনে হচ্ছে একটি বাচ্চা মেয়ে দাঁড়িয়ে তাঁকে দেখছে, এই বাচ্চা টিকে উর্জা আগেও কোত্থাও দেখেছে যেনো বহু যুগ ধরে তার পরিচিত, হঠাৎ ঘোর ভাঙতেই একটু ভয় পেয়ে যায় উর্জা । এ কাকে দেখল সে? নিজেকে সামলে নিয়ে উর্জা বলে, 'কিরে ওভাবে দাড়িয়ে আছিস যে ভেতরে আয় । এখন রেস্ট নিলেই তো পারতিস বরং ।" মোহনা তাড়াতাড়ি চোখ সরিয়ে উর্জার কাছে এগিয়ে আসে এবং খাবার সার্ভ করতে সাহায্য করে । ইতিমধ্যে নির্মাল্য এসে হাজির । আজ অনেকদিন বাদে নিজের হাতে দেশী মুরগীর লাল লাল ঝোল আর রুটি বানিয়েছে উর্জা । প্লেটে খাবার নেওয়ার পর তিনজন খাওয়া শুরু করে । মোহনা যেন খাওয়ার অতিরিক্ত খাবার খায় , কেমন যেন অস্বাভাবিক! মুরগির পুরো পাত্রটা যেন কামড়ে খেয়ে নেবে এসব দেখে উর্জার আর নির্মাল্যর একটা অস্বস্তি হচ্ছে মনে মনে । কিন্তু গেস্ট মোহনা, তাই কিছু প্রকাশ করা পসিবল নয় । যাইহোক, খাওয়া শেষ করে মোহনা বেশ তাড়াতাড়ি ঘরে ঢুকে পড়ল । গুডনাইট ও বলল না । এরকম আচরণে নির্মল্য বেশ অসন্তুষ্ট । বিড়বিড় করতে করতে ঘরে চলে গেল মোহনা । উর্জা বেশ অবাক হচ্ছে! মোহনার এরূপ আচরণে, কিন্তু মনে মনে ভাবছে মোহনা এতদিন নিরুদ্দেশ ছিল সেই ভয় এখনো সে কাটাতে পারেনি । উর্জা নির্মাল্য কে বলে, 'আসলে মেয়েটা এতদিন মিসিং ছিল,কিভাবে ছিল, কোথায় ছিল সম্পূর্ণ অজানা, হয়তো এইসব নিয়ে she is very shocked, " তাই হয়তো ওর আচরণ এরূপ হওয়া স্বাভাবিক । নির্মাল্য সব শুনে একটা গভীর দীর্ঘশ্বাস ফেলে গম্ভীর গলায় বলে,may be . ঘুমোতে যাওয়ার আগে উর্জা মোহনার থাকার ঘরে একটা জলের জগ দিতে দিয়ে তার সাথে বসে কথা বলবে স্থির করে । কাজ শেষ করে উর্জা ঘরে প্রবেশ

করতেই মোহনা বেশ চমকে উঠলো, বেশ ভারী গলায় বলল, 'এত রাতে উর্জা এই ঘরে কেন ;" এখন আমি ঘুমোতে চাই কাল কথা হবে। মোহনা যেন কিরম হয়ে উঠছে ধীরে ধীরে! কেউ যেন ভেতর থেকে ওকে জাগিয়ে তুলছে ওর নারী সত্তাকে সরিয়ে অন্য এক সত্তার উদ্ভব হয়েছে। যেন ওর শরীরে... ঘড়ির কাঁটা এখন প্রায় বারো ছুঁই ছুঁই উর্জা লক্ষ্য করল যতই এগিয়ে আসছে বারোর ঘরের দিকে কাটা ততই যেন মোহনা শক্ত আরো কঠোর হয়ে উঠেছে। সমস্ত বিষয়টা উর্জার ভেতরে তোলপাড় করতে থাকে। হাজার প্রশ্ন চাপা রেখেই উর্জা ঘরের থেকে বেরিয়ে কি যেন ভেবে আবার দাঁড়িয়ে পড়ল দরজার বাইরে। সে যেন তার স্মৃতির সাথে মোহনার আচরণের মিল খুঁজে পাচ্ছে কোথাও একটা, যা তাকে তার অন্তঃসত্ত্বাকে জাগ্রত করতে বলছে। কেউ যেন ভেতর থেকে বলতে চাইছে, সামনে অনেক রহস্য অনেক লীলাময় খেলা চলেছে যা উর্জার কল্পনার অতীত। এই ভাবতে ভাবতে হঠাৎ দরজার দিকে চোখ যেতে উর্জা যেন চমকে ওঠে! মুখ চিরে এক বিকট আওয়াজ বেরিয়ে আসতে গিয়েও যেন সেই আওয়াজ আর ভুমিষ্ট হতে পারে না। এই দৃশ্য যে সে রোজ রাতে অনুভব করে, রোজ দরজা থেকে এই এক নজর সে লক্ষ্য করে আসছে। অহরহ তাকে ধাওয়া করছে ওই তীক্ষ্ণ নজর । মোহনার ওই বীভৎস রূপ দেখে গলার থেকে যেন আওয়াজ বেরোতে চায় না। আসে শুধু গোঙানির আওয়াজ নি র র মা ল দ র য আ ক এ স! চোখ বড় বড় হয়ে ওঠে উর্জার অন্তরে যেন ধিক ধিক করে বেড়ে চলে আর জানতে চাই সে! কে! কে ! সে! এই দরজার অন্তরালে মোহনা নাকি! অন্য কেউ?? ভাবতে ভাবতে উর্জা জ্ঞান হারায়।

ভোরের আলো ফুটে সবে সূর্যের চিকচিক সোনালী আভা ঘরের পর্দা ভেদ করে চোখে এসে লাগে উর্জার,চোখ মেলতেই দেখতে পাই নির্মাল্য কফি হাতে তার পাশে বসে ল্যাপটপে কাজ সারছে। উর্জা চোখ কচলে খুব আস্তে বলে, নিজে কফি করলে? নির্মাল্য বলে ওঠে, না না ফ্রেশ হয়ে কিচেনে কফি বানাতে গিয়ে দেখি ড্রয়িং রুমে মোহনা প্রাণায়াম করছে। সে নাকি ভোর চারটে তে উঠে পরেছে, কফি খাবে কিনা জিজ্ঞেস করতেই ও নিজে থেকে কফি টা বানাতে চাইলো। তুমি খাবে বানিয়ে দেবো? উর্জা মাথা নেড়ে সম্মতি জানাতেই মোহনা কফির কাপ হাতে হাজির। মোহনার দিকে তাকিয়ে নির্মাল্য বলে, আচ্ছা এবার বল তো, 'কাল রাতে এমন কি হয়েছিল, যে ওরম ভাবে মোহনার শোবার ঘরে দরজার বাইরে জ্ঞান হারিয়েছিল? "মোহনা না এসে বললে তো আমি শুয়েই পড়েছিলাম। উর্জার কেমন যেন নিজেকে অসহায় মনে হচ্ছে কি হচ্ছে তার সাথে! ভাবতে ভাবতে মোহনা এসে দাঁড়ায় তার পাশে। বলে , 'থাক

নির্মাল্য দা আগে উর্জা দি কফি টা খেয়ে নিক তারপর ধীরে সুস্থে শুনবে তুমি ।" উর্জা কফি তে চুমুক দিতে দিতে কৌতূহলী দৃষ্টি তে তাকায় মোহনার মুখের দিকে। কিছু যেনো খুঁজতে থাকে মনে মনে। নাহ্, এখন কেন যেন বেশ আগের মতই স্বাভাবিক মনে হচ্ছে মোহনাকে । কাল রাতের সাথে যেন কোন মিল নেই ওর । এমন সময় রানী দি ব্রেকফাস্ট নিয়ে এসে হাজির হয়, ব্রেডে এক কামড় বসিয়ে আবারো নির্মাল্য জানতে চাই, কাল রাতের ঘটনা । মোহনা নিজেও সেই প্রশ্নই করে বলতে থাকে,' উর্জা দি আমি জল খেতে উঠে দেখি তুমি ঘরের সামনে পড়ে আছো ভয় পেয়ে ।" নির্মাল্য দা কে ডাকি তাড়াতাড়ি; কি যেন বলছিলে বিড়বিড় করে জ্ঞান ফেরার পর, তারপর আবার ঘুমিয়ে পড়লে । বেশ ভয় পেয়ে গেছিলাম । যাক, এখন ঠিক আছো তো? উর্জা মাথা নেড়ে সম্মতি জানাই । আমি আজ একটু বাড়ি যাবো । সন্ধ্যের আগেই ফিরে আসবো এই বলে উঠে পড়ে মোহনা । নির্মাল্যের এগারো টা বেজে পঞ্চান্ন মিনিটে ফ্লাইট ও কিছু জিনিস প্যাকিং করতে থাকে । এখন ঘড়িতে সবে সোয়া ছটা কিন্তু উর্জার মনের ভেতরে কালকে সেই চোখ দুটো যেন ধাওয়া করতে থাকে ক্রমশ । এই নিয়ে ভাবতে ভাবতে আবার কখন ঘুমিয়ে পড়েছি বুঝিনি । নির্মাল্য ফ্লাইটের টাইম হয়ে এসেছে ও বেরিয়ে পড়ার আগে আমাকে ডেকে একটু আদর করে বলল, 'সাবধানে থেকো ।" দুদিন পরে ফিরে আসছি । সেই দুদিন যে আমাকে ওই দরজার অন্তরে লুকিয়ে থাকা রহস্যের কি কি দেখালো তা আমার চোখে দুঃস্বপ্ন । ওই পোড়ো বাড়ি! মোহনা দরজার অন্তরালে লুকিয়ে থাকা, দুই চোখ আমি আর আমার অস্তিত্ব আরো কি কি সম্মুখীন হলাম, তা আমার অতীত নাকি বর্তমানের অংশ তার উত্তর আমার নিজের কাছেও নেই শুধু আমি বেঁচে আছি নাকি পরলোকের পারে তার উত্তর ওই দুদিন ।

ঘুম ভেঙেছে অল্প দেরিতে । নির্মাল্য বেরিয়ে যাওয়ার পর বেশ কিছুক্ষণ হয়ে গেছে... হঠাৎই আকাশ যেন ছেয়ে গেছে কালো মেঘে, কেমন যেন আবহাওয়াটা থমথমে হয়ে আছে.. এই বুঝি বৃষ্টি নামবে,কোথাও একটা ঝড়ো হাওয়া বয়ে যাচ্ছে উর্জার মনের মতোই। এইসব সাত পাঁচ ভাবতে ভাবতে উর্জা রানী দি কে কফি বানিয়ে দিতে বলে । মাথাটা যেন কেমন সকাল থেকেই ধরে আছে কিছুই ভালো লাগছে না । কাল রাত্রে অমন ভাবে মোহনার ঘরের বাইরে কি করেই বা ও অজ্ঞান হয়ে গেছে এবং মোহনার ওই নির্দিষ্ট তাকিয়ে থাকা উর্জা কে যেন আরো বেশি করে ভাবিয়ে তুলছে....এর মাঝে কখন যে রানী দি কফি দিয়ে গেছে

বুঝতেই পারেনি উর্জা। কফিতে এক চুমুক দিতেই নিউজ পেপারের দ্বিতীয় পেজ খুলতেই চমকে ওঠে উর্জা! এ কি দেখছে সে। হুবহু তার মত দেখতে এক সাবেকি মহিলার ছবি। কপালে বড়ো সিঁদুরের টিপ,চোখ ভর্তি কাজল, কোকড়ানো চুলের বড়ো করে খোঁপা, লাল পাড় সাদা শাড়ি পরিহিত হবহু যেনো সে বসে এবং তার বাম কোলে একটি সাত আট বছরের বাচ্চা মেয়ে, লাল সাদা ফ্রক পড়ে বসে। একে যেনো কোথায় দেখেছে উর্জা। দেখে যেনো মনে হয় কোনো মায়াবী কন্যা....মাথায় বেশ ঘন চুল...দুদিকে দুই বেনী পাকিয়ে সাপের মত ঝুলছে,কালো ঘন মায়াবী দুই বড় বড় চোখ, এই দুই নারীর মধ্যে একজন তারই প্রতিরূপ, কে এই নারী? সেই বা কখন এই ধরনের শাড়ি পড়ে ছবি তুলেছে। পাশে এই বাচ্চা মেয়েটিই বা কে? এইসব সাত পাঁচ মরিয়া হয়ে ভেবেই চলে উর্জা। হবহু তার মতো দেখতে এই মানুষটি কে!

হটাৎ কলিং বেলের আওয়াজ! রানী দি গিয়ে দরজা খুলেতেই কয়েকজন উর্দি ধারী পুলিশ সঙ্গে ইন্সপেক্টর লাহিড়ী ঢুকেই উর্জার খোঁজ করলেন। রানী দি বলে, ‘দিদি মণি ঘরে আছেন, ডাকতেছি এক্ষুনি,” এই বলে উর্জা কে ডেকে দেই। উর্জা ড্রয়িং রুমে আসা মাত্রই মিস্টার লাহিড়ী ওনার কেসের হাজারটা প্রশ্ন শুরু করে দিলেন। মিস্টার লাহিড়ীর সন্দিগ্ধ দুটি চোখ যেনো নানান প্রশ্ন বানে উর্জা কে জেরা করেই চলেছে।

ঘড়িতে ঠিক একটা বেজে সাত মিনিট.. সাব ইন্সপেক্টর লাহিড়ী ঠিক দু মিনিট আগে তার দলবল নিয়ে বিদায় নিয়েছেন.. তাদের জিজ্ঞাসা বাদের কোনো ফল ই বেরোয়নি কারণ উর্জা কোনো কিছুই না বুঝতে পারছিল না মনে করতে পারছিল ...শেষমেশ একটি এলোমেলো স্টেটমেন্ট নিয়ে সাব ইন্সপেক্টর বিদায় নিলেন, তবে বিদায় নেওয়ার আগে তিনি উর্জাকে বলে গেলেন গতকালের ঘটনা টা..

‘গতকাল পুলিশ সেই পোড়ো বাড়ি থেকে একটি পুরনো ট্রাংক উদ্ধার করেছে। ট্রাংক টি খুলতে তার মধ্যে থেকে হাতে আঁকা একটি অতি পুরনো ছবি উদ্ধার হয়। ছবিটি এক যুবতী নারীর ছবি যা হুবহু উর্জার মত দেখতে..কোলে একটি বাচ্চা মেয়ে... সঙ্গে উদ্ধার হয় বহু পুরনো একটি নথি যার মধ্যে কোনো এক অজানা লিপি তে ১০ টি অস্পষ্ট লাইন লেখা যার কোনো সংকেত ই পুলিশ উদ্ধার করতে পারেনি।”

৩:১০মিনিট.. মিস্টার লাহিড়ী অনেকক্ষন হলো চলে গেছেন। সেই থেকে উর্জা নিথর হয়ে বসে সেই শুরুর ঘটনা গুলো ভেবে চলেছে

একভাবে। মিস্টার লাহিড়ী কি মোহনার মিসিং এর পেছনে তাকেই সন্দেহ করছেন? ছি ছি যে মোহনা কে সে নিজের ছোট বোন ভাবে 'হে ভগবান" কি ঘটে চলেছে ওর জীবনে। হটাৎ ফোনের রিং টা বেজে উঠলো চমকে উঠে উর্জা ফোন হাতে নিতেই দেখে নির্মাল্যর দশ দশটা মিসড কল। উর্জা ফোন ধরতেই নির্মাল্য বলে সে পৌঁছে গেছে প্রায় কিছুক্ষণ আগেই। মিস্টার লাহিড়ী ফোন করে সব জানিয়েছে নির্মাল্য কে। সাথে সেই ছবির নথির ছবি হোয়াটসঅ্যাপ এ সেন্ড করেছেন। নির্মাল্য উর্জা কে নিয়ে বেশ চিন্তিত সে কিছু জানে কিনা জিজ্ঞেস করতে উর্জা বলে সে নিজেও হতভম্ব! কি হচ্ছে তার সাথে একের পর এক। নির্মাল্য উর্জা কে বলে,cool down উর্জা। শান্ত হও প্লীজ ,আর এ ব্যাপারে আর তুমি মাথা ঘামাবে না। ডোন্ট ওয়ারি, আই উইল হ্যান্ডেল দিস ম্যাটার। মিটিং সেরে সে খুব তাড়াতড়ি ফিরবে, এই বলে নির্মাল্য ফোন টা কেটে দেই সেই মুহূর্তে। তবে মাথা ঘামাতে না বললেই কি আর চিন্তা বন্ধ হয়, বিশেষ করে যেখানে উর্জা নিজের প্রতিরূপ দেখতে পারছে। হটাৎ রানী দি এসে ডেকে ওঠে, 'ও দিদি কখন আর খাবে বলো দিকিনি?" কি যে হচ্ছে তুমাদের এই ফ্যালাটে কে জানি বাপু। সানান ধান তো কিছুই করোনি এত বেলা উবদি। আগে খেয়ে নাও দিকিনি,এই বলে উর্জা কে খাবার দিয়ে সে চলে যায়। উর্জার খিদেও পেয়েছিল তাই আর কথা না বাড়িয়ে সে খেয়ে ওয়াশরুমে গিয়ে ঢোকে।

স্নান সেরে আয়নায় মুখ দেখতে গিয়ে ভেসে ওঠে তারই রূপ তবে প্রতিরূপ হয়ে। এ কে? সেই পোড়ো বাড়ি থেকে উদ্ধার প্রাপ্ত বহু পুরোনো আঁকা ছবিটি তার সামনে এবার যেনো জলজ্যান্ত রূপ নিয়েছে। এই জলজ্যান্ত রূপই যেনো তাকে ঠেলে নিয়ে চলেছে অতীতের অন্ধকার ঢাকা চোরা গলিতে। যত সে বের হয়ে আসতে চাইছে তত যেনো কেও তাকে জোর করে ধাক্কা দিয়ে ঠেলে ঢুকিয়ে দিচ্ছে অন্ধকার গর্তে....কোনো এক উষ্ণ নরম হাত তাকে যেনো প্রায় জোরপূর্বক নিয়ে চলেছে অতীতের চোরা কুঠুরির ঘরে...এই নরম হাত যে উর্জার অতি পরিচিত অতি কাছের কোনো মানুষের....এই চোরা গলিতে একবার ঢুকলে বেরিয়ে আসা দুঃসহ। উর্জা কি পারবে এই অন্ধকার চোরা গলির সমস্ত অতীতের কালো রহস্যকে ভেদ করে বেরিয়ে আসতে?

পূর্ব জন্মের কালো ছায়া...

রহস্য যেনো ওতোপ্রত ভাবে জড়িয়ে ওই অভিশপ্ত পোড়ো বাড়ির কানায় কানায়, উর্জা ধীরে ধীরে কোনো এক অন্ধকারের পথে তলিয়ে যাচ্ছে,চারিদিক শুধু নিকষ কালো অন্ধকারে ভরা । উর্জা আবার জ্ঞান হারিয়ে ফেলেছে, রানীদি প্রায় আধ ঘন্টা ধরে ডেকে চলেছে কোনো সাড়া শব্দ নেই উর্জার । ভয়ে ডাক দেই বাইরের দারোয়ান আকবর আলী কে । তিনি দরজা ভেঙে দেখেন উর্জা সেন্সলেস....চোখে মুখে জল দিতেই চোখ মেলে তাকায় উর্জা, সবটা যেনো আবছা...অন্ধকারের কালো ধোঁয়াশা তার চোখে । রানী দি হঠাৎ চমকে বলে, 'ও মাগো মা কি হচ্ছে দেখো, কি যে ঘটে চলেছে তোমাদের বাড়িতে কিছুই বুঝিনে বাপু, হায় হায় এ কি কান্ডি, আহারে গো গলায় তো কাল সিটে পড়ে গেছে।"

বিকেল ৫.৫৬, ডক্টর সামন্ত উর্জা কে দেখে গেছেন বেশ কিছুক্ষন...তিনি জানান উর্জার প্রেসার অনেকটাই লো .গলার আঘাতটা বেশ গভীর..রক্ত জমাট বেঁধে অনেকটা কালসিটে পড়ে গেছে । রানী দি উর্জা কে সন্ধ্যার মেডিসিন দিয়ে সন্ধে জ্বালতে যাবে এমন সময় দরজায় নক ক্রং ক্রং ... দরজা খুলতেই দেখে মোহনা ফিরে এসেছে.....কেমন যেনো এক বিধ্বস্ত অবস্থা তার । উর্জার ঘরে যেতেই উর্জা যেনো চমকে ওঠে তাকে দেখে! গোটা গায়ে ধুলো বালি চুল গুলো পুরো এলোমেলো,চোখ গুলো কেমন যেনো ভীষণ ক্লান্ত, বিধ্বস্ত । সে উর্জা কে হটাৎ বলে বসে ভালো মা তুমি এই ভাবে আমাকে ওই শয়তান দের কাছে ছেড়ে দিলে? উর্জা এই একটা শব্দ শুনতেই ওর সামনে ভেসে ওঠে সেই বাচ্চা মেয়েটির ছবি । এ কাকে দেখছে সে এত তার ছবিতে দেখা সেই বাচ্চা মেয়েটি । এত মোহনা নয়....কে সেই মায়াবিনী কন্যা আর তার সাথে মোহনার ই বা কি সংযোগ এইসব কিছু যেনো এক সুতোয় বাঁধা এক রহস্য যাতে পরে আছে শত গিট এই সুতোর এক একটা গিট যেনো উর্জার জীবনের সাথে ওতপ্রতো ভাবে জড়িয়ে.....

পূর্বজন্মের কোন কালো সত্য তার সামনে ফিরে আসছে । এই সব সাত পাঁচ ভাবতে ভাবতে উর্জা এক ঘোরের মধ্যে গোঙাতে থাকে হটাৎ মোহনা ধাক্কা দিতে তার হুস ফেরে...মোহনা বলে, 'কিগো কি হয়েছে সেই কখন থেকে এরম গুঙ্গাছো।" নাও একটু জল খাও । রানী দি ঘরে আসতেই

মোহনা বলে, 'তুমি এবার বাড়ি যেতে পারো আমি আছি ওর সাথে এই পুরো রাত"...

ঘড়িতে এখন ঠিক দশটা বেজে পাঁচ মিনিট,উর্জা কিছুতেই ভুলতে পারছে না তার সাথে ঘটে যাওয়া একের পড় এক অলৌকিক ঘটনা, ঘটনাগুলো পরপর সাজিয়ে সে ঠাওর করতে পারছে না এর শেষ কোথায়! হঠাৎ মোহনা ঘরে এসে উর্জার গলায় হাত বোলাতে বোলাতে জিজ্ঞেস করে এই গলার চেইন টা বেশ সুন্দর,কে দিয়েছে তাকে উর্জা হটাৎ চমকে মোহনার চোখের দিকে তাকায় সে, মোহনার চোখ দুটো যেনো জ্বলজ্বল করছে কোনো এক প্রতিশোধের লোভে। উর্জা যেনো সেই চোখের লোভের মধ্যে তলিয়ে যেতে থাকে ধীরে ধীরে....কোনো এক আচ্ছন্ন কুয়াশা ভেদ করে ক্রমশ এগিয়ে চলছে উর্জা.. কোনো এক গভীর ক্ষত ভরা অতীতের টানে...যে ক্ষত এই জন্মেও উর্জা বহন করে চলেছে...

যত এগোচ্ছে তত যেনো গাঢ় অন্ধকারে ঢেকে যাচ্ছে চারিদিক। কোনো মৃত্যু ফাঁদ পাতা আছে সেই অন্ধকারের প্রহেলিকায়...যত অন্ধকার ততই পূর্ব জন্মের কালো অতীতের অভিশাপ ধীরে ধীরে উর্জার চোখের সামনে স্পষ্ট ভেসে উঠছে....উর্জা এগিয়ে চলছে এই রহস্য ভরা অতীতের পথে। উর্জা এখন আর উর্জা নয়! সে হয়ে উঠেছে বেলতলা গ্রামের বউরাণী মা। পরনে লাল পাড় সাদা শাড়ি,গা ভর্তি গয়না, সিঁথি ভর্তি সিঁদুর, কপালে গাঢ় লাল সিঁদুরের টিপ যেনো অস্ত যাওয়া সূর্যের পূর্বাভাস,ইনি হলেন বেলতলা গ্রামের দদন্ড অত্যাচারী জমিদার প্রতাপ চন্দ্রের তৃতীয় স্ত্রী ইন্দুলেখা...সত্যিই নামের সাথে সার্থক তার রূপ, সবে বারো পেরিয়ে তেরো বছরে পা দিয়েছে এই ইন্দু,বয়সের থেকে রূপের ছটা ঠিকরে বেরোচ্ছে শতগুণ বেশি। অত্যাচারী প্রতাপ চন্দ্র রায় ঠিক কিসের আশায় পরপর দুটি বিবাহর পরেও এই তৃতীয় বিবাহ স্থির করেছিলেন তা এই অতি গরীব ব্রাহ্মণ কন্যা ইন্দু লেখার বোঝা অতি সহজ বিষয় নয়..এর নিগুর রহস্য ধীরে ধীরে প্রকাশ পাবে এই একরত্তি মেয়ে ইন্দু লেখার কাছে .. এই জমিদার বাড়ির নিত্য সেবায়েত রাম চরণ চাটুজ্জের একমাত্র মেয়ে ইন্দুলেখা..বেলতলা গ্রামেই বাস, কিভাবে রূপসী ইন্দু লেখার এত অল্প বয়সে বিবাহ সম্পন্ন হয়েছিল প্রতাপ চন্দ্রের সাথে তারও এক ইতিহাস রয়েছে। কেনই বা সেবায়েত রাম চরণ তার একমাত্র কন্যা ইন্দু লেখা কে পিতাসম জমিদারের সাথে বিবাহ দিতে মনস্থির করেছিলেন তারও এক রহস্য রয়েছে, যা ইন্দুলেখার অজানা। শুধু ছোট থেকেই ইন্দু লেখা শুনে আসছে তার বিবাহ হবে জমিদার প্রতাপ চন্দ্রের সাথে। এই বিবাহ নিয়ে রামচরণের স্ত্রী রোজ

ভীষন কান্নাকাটি করতেন। মাত্র এগারো বছর বয়সী একমাত্র মেয়েকে তারই স্বামীর সম বয়স্ক লোকের সাথে বিবাহ দিয়ে মেয়ের জীবনে সর্বনাশ ডেকে আনছে তারা নিজেই,এদিকে তাঁদের মেয়ে অতি রূপসী এবং গুণবতী। মেয়ের এরকম ভাগ্যের জন্য রাম চরণের স্ত্রী নিজেদেরকেই দোষারোপ করতেন এবং তিনি বহুবার নিজের স্বামী রাম চরণ কে বলেছেন মেয়েকে তার মামা বাড়ি পাঠিয়ে দিতে, না হয় নিজেরা এই গ্রাম ছেড়ে দূরে কোথাও চলে যাবে। রাম চরণের স্ত্রী বহুবার চেষ্টা করেছে ইন্দু কে নিয়ে পালিয়ে যাবার,কিন্তু তা হওয়ার উপায় নেই। ওদিকে রাম চরণ মুখে যেনো কুলুপ এঁটেছেন। তিনি সদ ইচ্ছায় এই বিবাহ দিতে চান। তাই স্ত্রী এক প্রকার নিরুপায়। তাদের বাড়ির সামনে পেছনে সহ গোটা গ্রাম পাহারা বসিয়েছে জমিদার প্রতাপ চন্দ্রের প্রহরীরা। দেখতে দেখতে সময় এলো ঘনিয়ে, ইন্দু পা দিলো এগারোর ঘরে,শুরু হলো ঋতুস্রাবের ঘনঘটা.. ইন্দু লেখা হয়ে উঠলো আরো সুন্দরী, পূর্ণ যুবতী।

১৮৬৩সাল ; ১৩ই জৈষ্ঠ্য, এক পূর্ণিমা তিথির গোধূলী লগ্নে ইন্দু লেখার সাথে অত্যাচারী জমিদার প্রতাপ চন্দ্রের বিবাহ সু সম্পন্ন ভাবে মিটে গেলে সেই রাত টুকু ওই মাটির কুঁড়ে ঘরে কাটিয়ে পরদিন কাক ভোরে সকল কে বিদায় জানিয়ে, জমিদার প্রতাপ চন্দ্র নতুন বউকে নিয়ে বেরিয়ে পড়লেন নিজ অভিশপ্ত বেলতলা ভিটের উদ্যেশে। চারিধারে ঘন জঙ্গল তার ভেতর দিয়ে পালকি চরে এগিয়ে চলেছে ইন্দু তার নতুন ভবিতব্যের পথে। অন্ধকারে ঘেরা ঘন জঙ্গল মাঝে মাঝে ভোরের তিতির পাখি ডাকার কিচ কিচ শব্দ ভেসে আসছে, আবার কখনো শুকনো পাতার ওপর কোনো সরীসৃপ যেনো খসখস করতে করতে বয়ে চলেছে খুব সন্তর্পনে জমিদার প্রতাপ চন্দ্রের গা বাঁচিয়ে, কেমন যেনো গা ছমছমে ভাব! অবোধ ভীত চোখে ইন্দু পালকির পর্দা সরিয়ে দেখতে থাকে এগিয়ে যাওয়ার পথ। সামনে ঘোড়ার গাড়িতে রয়েছে তার সদ্য বিবাহিত স্বামী, পালকির পর্দা সরিয়ে এই প্রথম ইন্দু তার বিবাহিত স্বামীর মুখ স্পষ্ট ভাবে দেখে। মানুষটি ঘোড়া ছুটিয়ে কিরম এগিয়ে চলেছে সামনে জঙ্গল ভেদ করে। কোকড়ানো কোকড়ানো চুল ঘাড় অবধি ছেয়ে, বড় বড় যেনো ভীষণ নিষ্ঠুর দুটো চোখ সবসময় যেনো আক্রমণাত্বক ভাব। টুকটুকে ফর্সা মুখ খানা যেনো রাগে লাল হয়ে আছে, ইন্দুর বুকখানা ভয়ে ধড়ফড় করে ওঠে এই ভেবে যে,এই মানুষটার সাথে তাকে এক ঘরে থাকতে হবে। তার সখীরা হাসতে হাসতে বলেছে তার কানে কানে। রহস্যে ঘেরা এক অলৌকিক ভবিষ্যত অপেক্ষা করে আছে ইন্দুর জন্য। ইন্দুর কেনো যেনো মনে হয় তার দুই পাশে কেউ বসে তাকে অনেক্ষন ধরে, তাকে দেখছে একভাবে,

ইন্দুলেখা মনে মনে ভাবে এ সবই তার মনের ভ্রম। সাতপাঁচ ভাবতে ভাবতে সে প্রতাপ চন্দ্রের ঘোড়ার দিকে তাকিয়ে থাকে এক মনে,ভাবে এই এতো বড় মানুষটার সাথে তাকে থাকতে হবে। প্রায় কিছুক্ষনের মধ্যে প্রতাপ চন্দ্র হাজির হলেন বউ নিয়ে নিজ অভিশপ্ত ভিটেই। ইন্দু বড় বড় দুই চোখ দিয়ে পালকির পর্দা সরানোর সাথে সাথেই, 'তার চক্ষু ছানাবড়া হয়ে গেলো"! এতো কোনো রাজ প্রাসাদের চেয়ে কম কিছু নয়! বড়ো বড়ো পাঁচ মাথা বিশিষ্ট এক পৈশাচিক মূর্তি বাড়ির দুই স্তম্ভের মাঝে বিরাজমান, দুই দিকে দুই শেয়াল, একপাশে হরিণ আর কুকুরের মুখমন্ডল এক সাথে মিশে এক অন্য রূপ নিয়েছে আর মধ্যিখানে বিরাজমান এক দন্ত বিকৃত বাঘ। ইন্দুর মনে হয় এই মূর্তি যেনো জ্যান্ত রূপে বিরাজমান। তবে ইন্দুর কাছে এ প্রাসাদ এর চেয়ে পিশাচপুরী বেশি মনে হচ্ছে। মনে মনে ইন্দু ভীষণ ভয় পেয়ে ভাবতে থাকে, এই প্রেত পুরীতে সে একা কিভাবে বাস করবে! যেখানে এক রাত ও সে তার মা কে ছাড়া থাকেনি কখনো ওই কুঁড়ে ঘরের বাইরে। গায়ে তার সখীদের সাথে খেলার সময় বহুবার তারা জটোলা পাকিয়ে এই জমিদার বাড়ির গল্প করতো। এই বেলতলার জমিদার বাড়ি ভূতুড়ে,এখানে সন্ধ্যার পর নানান মায়াবী আওয়াজ ভেসে আসে, কখনো অট্টহাসি কখনো বাঁচবার আর্তনাদ, পুকুরের ধারে নাকি এই জমিদার বাবুর মৃত দুই বৌ আজও সন্ধ্যা বেলা ঘুরে বেড়ান আঁচল ছড়িয়ে করুন মুখে। এইসব ভেবে গা শিউরে ওঠে ওই এক রত্তি ইন্দু লেখার। ধীরে ধীরে সে পালকি থেকে এক দাসীর হাত ধরে নেমে আসতেই দক্ষিণ দিকের খোলা জানলার দিকে চোখ পড়তেই আঁতকে উঠে! ও মাগো বলে! কি দানবের মত চেহারা। সেই দাসীর হাত চেপে ধরে বলে ওই জানলায় কে দাঁড়িয়ে অমন বিকট রূপে কে ও? দাসী চারিদিক দেখতে দেখতে ইন্দুলেখা কে শান্ত হতে বলে; শান্ত হোন নতুন বৌরানী মা ; ও কিছু না, আপনি কিচ্ছু দেখেননি চুপ চুপ। মুখে কুলুপ আটুন, জমিদার বাবু এসব শুনলে আর রক্ষে নেই। অন্ধকার তো আপনি ভুল দেখেছেন কোথাও কেউ নেই, এই বলে ইন্দু কে শান্ত করে। এদিকে এক দাসী মারফত কামনা প্রিয়া জানতে পারেন, তাঁর সাধের প্রতাপ ওনাকে না জানিয়েই এক গরীব ব্রাহ্মণ কন্যা বিবাহ করে দরজার বাইরে ওনার অপেক্ষা করছেন। রাগে অপমানে তিনি দ্রুত পায়ে বাইরে এসে দাঁড়ান। ইন্দুর ভেতর যেনো ক্ষণে ক্ষণে কেঁপে ওঠে, এমন ছমছমে আবহাওয়ায় গুটিকয়েক দাস দাসী ছাড়া এত বড় বাড়িতে শুধু মাত্র জমিদারের নিজের লোক বলতে এক দূর সম্পর্কের জেঠাইমা থাকেন ; প্রতাপ যাকে বড়মা বলে ডেকে আসছে ছোটো থেকে, নাম তার কামনা প্রিয়া। ইন্দু লেখা জড়োসড়ো হয়ে একবার আড় চোখে তাকিয়েই চোখ নামিয়ে ঠকঠক করে কাঁপতে থাকে! বাবারে এই বড়মা কেমন যেনো,

চোখ গুলো যেনো মৃত মাছের মত নির্জিব, মাঝে মাঝে আগুণের ঝলক দিয়েই নিভে যায়, বেশ লম্বা; এক কালে দেখতে বেশ ভালোই ছিলেন বোঝ যায়, কিন্তু সৌন্দর্যে কোনো নমনীয়তা নেই, কাঠ কাঠ, দেখে বয়স অনুমান করার উপায় ই নেই। ওনাকে দেখলে বয়সের গভীরতা মাপা বড় কঠিন। ইন্দু নিজ মনে বলে চলে, 'এ কেমন মেয়ে মানুষ রে বাবা, এতো লম্বা মেয়ে মানুষে হয় নাকি, পা গুলো কি লম্বা লম্বা,চুল গুলো এই বয়সেও এমন মিশমিশে কালো যেনো কত যুগ লুকিয়ে এই খোপার মাঝে,এ বাড়ির সবই কেমন যেন আজব" । নিজের বলতে জমিদারের তিনকুলে এই কামনা প্রিয়া বড়মা ছাড়া আর কেউ ছিল না।। বহুকাল ধরে জমিদার ভিটে গ্রামবাসীদের কাছে তাই অভিশপ্ত ভিটে বলে পরিচিত। কামনা প্রিয়া এক দাসীকে অন্দর মহল থেকে বরণ করার থালা সাথে দুধে আলতা থালা আনতে বলেন। ইন্দু কে শায়েস্তা করতে ইশারা তে বলেন, দুধ যেনো টগবগে ফুটন্ত হয়। কিছুক্ষণের মধ্যে বাড়ির ভেতর থেকে এক দাসী দুধ আলতা রূপার থালায় নিয়ে হাজির হলে বড়মা বলেন, বাছা এবার এই থালায় পা খান ডুবিয়ে শাড়ির ওপর পা ফেলতে ফেলতে ভেতরে প্রবেশ করো। ইন্দু বড়মার কথা মত মাথা নেড়ে কোন রকমে ওই ভারী শাড়ি খান একটু তুলে দুধে আলতা থালায় পা দিতেই ইন্দু চেঁচিয়ে উঠলো! ওমাগো পা খানা আমার পুড়ে গেলো যে! এই বলে যন্ত্রণায় ককিয়ে ওঠে ওই এক রত্তি মেয়ে অঝোরে কেঁদে ফেলে, সেই দজ্জাল কামনা প্রিয়া তাকে এক ধমক দিয়ে বলেন, 'চুপ করো বাছা, মেয়ে মানুষের এত উচ্চস্বরে আওয়াজ ভালো নয় গো বাপু, বাপ মা কিচ্ছুটি শেখান নি দেখচি। একটু সইতে শিখো এবার থেকে।" তারপর মুখ খান বাঁকিয়ে বেশ চিবিয়ে চিবিয়ে বলেন, 'বাবা প্রতাপ" এ যে দেখছি ননীর পুতুল ধরে নিয়ে এয়েছো বাছা। সামান্য আঘাত সহ্য করার ক্ষমতা নেই দিকি এই মেয়ের।" জমিদার প্রতাপ চন্দ্র ইন্দুর মুখের দিকে চেয়ে যেনো নরম স্বরে কামনা প্রিয়াকে বলে ওঠে, 'আঃ বড়মা আপনি থামুন," দাস দাসীদের ইঙ্গিত করে চিৎকার করে বলে ওঠেন, 'কার এত দুঃসাহস যে এরম ভাবে গরম দুধের থালা না দেখেই নিয়ে আসে?" এই বাঘের গর্জনের মতো আওয়াজে সমস্ত দাসদাসীদের সাথে সাথে গোটা জমিদার বাড়ি যেনো ভয়ে কেঁপে ওঠে ক্ষণিকের জন্য! ইন্দু চমকে উঠে ভিত চোখে চন্দ্র প্রতাপের মুখের দিকে চেয়ে আরো ফুঁপিয়ে ফুঁপিয়ে কাঁদতে থাকে। হটাৎ ইন্দুর দিকে চোখ পড়তেই নিজেকে কিছুটা সংযত করে নেন প্রতাপ নিজেকে। তিনি এসব দেখে ভীষণ বিরক্ত হলেও ইন্দু লেখার প্রতি তার অন্তরের টান অনুভব করায় সে এরম কাজ করার জন্য নিজের বড়মা কেও কথা শোনাতে ছাড়েন না এই প্রথমবার। গম্ভীর গলায় বলে ওঠেন, 'এরম যেনো আর কখনো না হয় বলে দিলুম;

সমস্ত দাস দাসীদের উদ্যেশ্যে।” কামনা প্রিয়া বেশ কটমট করে ইন্দুর মুখের দিকে তাকিয়ে প্রতাপ কে ইঙ্গিত করে বলেন, ‘তুমি তো কিচ্ছুটি জানাওনি এই বিবাহ নিয়ে। আয়োজনের সময় পেলেম কই? তাই হয়তো ভুলবশত গরম দুধ নিয়ে এসে ফেলেছে কোন দাসী। তা বাবা প্রতাপ তোমার এতদিন যাবৎ আরো দুইখানা বৌ এয়েচে এই ভিটেতে। তাদের কোনো যত্ন আত্তির ত্রুটি আমি করেচি বাবা? নাকি তাঁদের মুখে আমার বিষয়ে একটাও অভিযোগ শুনেছ বাবা প্রতাপ? আর এই মেয়ে দেখছি এক রাতের মধ্যেই তোমায় বশ করেছে। এমন তুচ্ছ কারণের জন্য আমাকে তুমি এমন ভাবে কথা শোনাচ্ছ যে। এত দেখছি ফুলের ঘায়ে মূর্ছা যাওয়ার জো, কত রঙ্গ যে আর দেখিব।” ইন্দু কামনা প্রিয়ার মুখের দিকে একবার করুণ চোখে চেয়ে নত মাথায় দাড়িয়ে ভাবতে থাকে এ কোন ঘরে এসে পড়ল সে,মনে মনে মা বাবা কে অভিমান স্বরে বলে ওঠে, ‘এ কোন বানের জলে ভাসিয়ে দিল আমাকে তোমরা।” এখানে যে আমার দম আটকে আসছে, সবাইকে সরিয়ে মায়ের কাছে যেতে চায় এক ছুটে এক্ষুনি সে। মাগো আমায় নিয়ে যাও একটিবার ফিরিয়ে, এই কথা গুলো ভাবতে ভাবতে হটাৎ সে শোনে ওই বড় মা তাকে বলছে, ‘তা শোনো বলি বাছা এই পুরো সংসার রাজত্ব তোমার ; তোমাকেই তো সব দেখে শুনে আগলে রাখতে হবে বৈকি,এরম ননীর পুতুল হলে চলবে না বাছা বলে দিলুম।” আগের দুই বউ কিন্তু ভারী নক্ষী মন্ত ছিল, আমার কথায় শেষ কথা মানতো, তুমিও তাই করবে আশা করি, ইন্দু বড়মার কথা শুনে ঘাড় কাত করে সম্মতি জানালো ভয়ে ভয়ে। বড়মার এই অসস্তিকর কথা গুলো প্রতাপের অসহ্য লাগছিল, ইন্দুর করুণ মুখ খানা ঘাড় ঘুরিয়ে একবার দেখেও না দেখার ভান করে প্রতাপ চন্দ্র দ্রুত গতিতে গটগট করে অন্দর মহলে চলে যায়। কামনা প্রিয়া এক দৃষ্টিতে প্রতাপের যাওয়া দেখতে দেখতে বলেন ; আমি আর কদ্দিন বাছা,এই বলে নিজ মনেই ক্রুর হাসি হেসে হঠাৎই চোখ দুই বাঁকিয়ে কামনা প্রিয়া ইন্দুর মাথা থেকে পা অবধি একবার ভালো করে জরিপ করে নিয়ে পান চিবোতে চিবোতে একখানা প্রশ্নের তীর ছুঁড়ে বলেন, ‘তা বলো দিকি বাছা কি এমন মায়া জাদু করলে এক রাত্তিরে যে বাছা আমার প্রতাপ দিকি এতটাই তোমার প্রতি মোহগ্রস্ত, এই বয়সে এই প্রথম তার নিজের বড়মা কে কথা শোনালে, তোমার এই মায়াবী রূপের আগুনে প্রতাপের চোখ দুটো ঝলসালে বুঝি??” এই বলে মিঠি মিঠি দাসী দের দিকে চেয়ে হাসতে থাকেন। তা যাকগে, আমি ওসব কিছুই মনে করিনে। এই বড়মার এরম তীক্ষ্ণ বান যেনো সদ্য আসা গৃহ বধূ ইন্দুর হৃদয়ে গিয়ে বেঁধে। অন্য দিকে প্রতাপ চন্দ্র মেয়েলি এসব কথায় কর্ণপাত না করেই দ্রুত গতিতে গটগট করে অন্দর মহলে প্রবেশ করেন।

প্রথমবার কোনো মেয়ের জন্য প্রতাপের কাছে এরম রুক্ষ কথা শুনে কামনা প্রিয়ার মাথায় আকাশ ভেঙে পড়ল যেনো এবং বড়মা এসব দেখে অন্তরীক্ষে ঈর্ষায় ক্ষোভে ফুঁসতে থাকেন সবে মাত্র আসা নববধূর ওপর। তিনি অন্দরমহলে ডাক পাঠালেন ইন্দু কে ঘরে নিয়ে যাওয়ার জন্য। সঙ্গে সঙ্গে বেশ ভীত দুই দাসী অন্নদা ও আরতি এসে ইন্দু লেখাকে অন্দরমহলে নিয়ে যাওয়ায় জন্য প্রস্তুত হয়। যেতে যেতে ইন্দু ঘোমটার আড়াল থেকে বিস্ময় আর অগাধ কৌতুহলে দেখতে দেখতে যায় চারদিক। এই সাত সকালে ও বাড়ি খানা কেমন থমথমে, নিস্তব্ধ আর অন্ধকারেই ঢাকা, কোথাও যেনো কোন প্রাণের অস্তিত্ব নেই। কোথাও কোথাও এখনো টিম টিম করে হ্যারিকেন জ্বলছে। তবে এই আলো বাড়ির এক অংশ ও আলোকিত করছে কিনা সন্দেহ বরং মিশমিশে আঁধারের উপস্থিতি গভীর ভাবে বোঝানোর চেষ্টা করছে। এই জর হ্যারিকেন গুলো ও যেনো বলতে চাই, এই ক্ষীণ আলোয় এই অভিশপ্ত ভিটের গাঢ় অন্ধকারকে দূর করার সাধ্য তাদের নেই। ইন্দু ভাবে, বোধহয় বাড়ির ভৃত্য রা এখনো নেভাই নি। এইসব লক্ষ্য করতে করতে নিজ কক্ষে দারে পৌঁছলে দুই দাসীর মধ্যে একজন দাসী বলে, 'এই নাও নতুন বউরাণী মা তোমার ঘর, স্নান ঘর ঘরের ভিতরেই আছে। আরতি দরজা খানা ক্যাচ ক্যাচ শব্দে খুলে দিয়ে ইন্দুক কে ভিতরে পৌঁছে বা দিকে এক দরজা দেখিয়ে বলে, এই দরজা দিয়ে স্নান ঘরের সিঁড়ি নীচে নেমে গেছে। সেই খানেই তোমার পাথরে বাঁধানো স্নান ঘর, সাথে লাগোয়া বিশাল একখান সুন্দর পুষ্করিনী। নেয়ে নাও গিয়ে নতুন বউ রাণীমা এই বলে নিজ নিজ কাজে চলে যায়। ঘরে ঢুকে দুজন দাসী চলে গেলে ইন্দু চারিদিক দেখে অবাক হয়ে ভাবতে লাগলো এ কোন অথৈ জলে তার বাপ মা তাকে ভাসিয়ে দিলে! একটিবার ছোট্ট ইন্দুর কথা ভাবল না! খুব অভিমানে ফুঁপিয়ে ফুঁপিয়ে ইন্দু কাঁদতে থাকে আর ভাবতে থাকে এ কেমন ঘররে বাবা! চারিদিকে বিভিন্ন জন্তু জানোয়ারের মুখোশ, কোথাও বাঘ! কোথাও শেয়াল! কোথাও কুকুর! কোথাও ছাগল! যেনো সদ্য মুন্ড কেটে বসানো। ইন্দু মনে মনে ভাবতে থাকে আহারে এই অবলা পশু গুলোর কি পরিণতি, এসব দেখে ইন্দু লেখা বেশ ভীত অনুভব করে। কিভাবে সে এই বিরাট পিশাচপুরীতে থাকবে এই ভেবে ওর দু চোখ জলে ভরে ওঠে, এমন সময় এক দাসী এসে এক বিরাট রুপোর থালায় ইন্দু লেখার শাড়ি গহনা দিয়ে ওকে স্নান সেরে নিতে বললে ইন্দু আমতা আমতা করে সেই দাসী কে বলে, আমায় একটু স্নান ঘরে নিয়ে চল না গো। সেই দাসী ইন্দুর কথা মত তাকে স্নান ঘরে পৌঁছে দিয়ে তাড়াতাড়ি বিদায় নেয় সেই স্থান থেকে। ইন্দু অবাক হয়ে দেখে চারিদিক কত বড় স্নানঘর এর আগে সে কখনো দেখেনি। পুকুরের চারিধার সাদা পাথর দিয়ে বাঁধানো,

টলটলে জলের মধ্যে তরঙ্গ বয়ছে কুলুকুলু। সে তো গাঁয়ের পুকুরে নেয়েই বড় হয়েছে। বাপ জম্মে ভেবেছিল ইন্দু এত বড় স্নানঘরে সে একা এইরকম গোপনে স্নান করবে? কত বড় কপাল ইন্দুর এই ভেবে কিছুক্ষণের জন্য মন টা আবার আনন্দে ভরে যায়। সব ভুলে ইন্দু খুশি খুশি মনে বাঁধানো পুকুরে নাইতে নেমে সবে একটা ডুব দিয়েছে, এমন সময় পুকুরের জলে দেখে একটা এলো চুলে হাঁটুতে মুখ গুঁজে বসে রয়েছে একটি মেয়ে মানুষ। জলে তরঙ্গের মেয়েটির ছায়া স্পস্ট ভেসে উঠছে। এমন স্পষ্ট ছায়া দেখে ওমাগো বলে আঁতকে ওঠে ইন্দু। ইন্দুর গলা শুকিয়ে কাঠ, ঢোক গিলতে গিলতে পিছনে ফিরতেই মেয়েটি হালকা মুখ তুলেই মিলিয়ে যায় হটাৎ। ঢোক গিলতে গিলতে ইন্দু উদগ্রীব হয়ে বলে কে! কে! কে! গো অমন চুল ছেড়ে বসে রয়েছো। কথা বলচো নে যে বড়। ইন্দু মনে একটু সাহস এনে বলে, আমতা আমতা করে বলে,কার এত দুঃসাহস শুনি যে আমার স্নান ঘরে প্রবেশ করেছে গোপনে অনুমতি ছাড়া, আমায় ভয় দেখানো হচ্ছে?এখনো বলচি কথা কও নইলে জমিদার বাবুকে সব বলে দেবো গে এই বলে রাখলুম হুমম ... তখন বুঝবে ঠ্যালা। কথা শেষ হতে না হতেই হটাৎ আকাশে বাতাসে অট্ট হাসিতে কেউ হো হো করে হাসতে থাকে। ইন্দু যেনো শোনে কেউ তার কানে কানে বলছে, 'সব ছেড়েছি বাপু তবে শান্তি মেলেনি এখনও! এ সবই তোমার বাপু, কিচ্ছুটি চাই নে, মুক্তি চাই মুক্তি চাই.... কেউ যেনো অতি কষ্টে বলছে কথা গুলো। হটাৎ আবার সে অনুভব করে কেউ যেনো তার কানে কানে ফিস ফিস করে বলে যায়,'খুব সাবধান" ইন্দু লেখা'প্রত্যেক ধাপে বিপদ" ইন্দু যেনো এই শুনে চমকে ওঠে বলে কে কে গো তুমি? তোমায় দেখতে পাই নে যে। ইন্দুর সখীদের বলা কথা গুলো মনে পরে। তারা বলত,এই পুকুরেই আগের দুই বউ নাইতে নামতো। ইন্দুর হৃদয়ের গতিবেগ বাড়তে থাকে ক্রমশ সে চোখ টিপটিপ করতে করতে লক্ষ্য করে পশ্চিম দিকের ওপরের ঘর দুটো থেকে সিঁড়ি নেমে এসেছে এই স্নান ঘরে নামার। সে মনে মনে ভাবে তাহলে ওই ঘর দুটো বুঝি! এই ভেবে ভয়ে ইন্দুর বুকের ভেতরে এক ঠান্ডা হাওয়া বয়ে যায়। ইন্দুর শরীর জুড়ে শুরু হয় ভয়ের দোলাচল। পচিম দিকের গাছ গুলো মচ মচ করে দুলতে থাকে। কেমন যেনো গা শিরশিরানি ভাব। কোন রকমে ভয়ে ভয়ে তাড়াতাড়ি নেয়ে নিজ কক্ষে ফিরে এসে ঘরের দ্বার বন্দ করে হাঁফাতে হাঁফাতে, হটাৎ আয়নায় চোখ পড়তেই দেখে সে দর দর করে ঘামছে। হটাৎ দরজায় কড়া নাড়ার আওয়াজে ইন্দু হতচকিত হয়ে কাঁপা কাঁপা স্বরে বলে, 'কে গো দরজায় কে?" আমি গো নতুন বউ লতা,এই বাড়ির বড়মার খাস দাসী। বড়মা ডাক পাঠিয়েছে আপনাকে নিয়ে যাওয়ার জন্য,ইন্দু গিয়ে দোর খোলে।

লতা তার বিনুনি দোলাতে দোলাতে চারিদিকে চোখ ঘুরিয়ে বলে তা নতুন বৌ কোনো অসুবিধে হচ্ছে নাতো? শোনো রাত বিরেতে এদিক ওদিক বেরোবে নে যেনো! কোনো আওয়াজ পেলেও না । ইন্দুর আরো বেশি কৌতূহল জাগে! কিন্তু জানার জন্য উদগ্রীব হলেও প্রকাশ্যে আনে না । কিছুক্ষনের মধ্যে সে তাড়াতাড়ি শাড়ি গহনা পরে তৈরী হয়ে বলে, চল গো লতা দিদি । সেই দাসীর সাথে বড়মার কাছে গিয়ে উপস্থিত হয়, দেখে এক চৌকি তে বসে তিনি মনের সুখে পান চিবোচ্ছেন। বা হাতে একজন পানের পিক ফেলার পিতলের একখান পাত্র নিয়ে মাথা নত করে দাড়িয়ে । কামনা প্রিয়া সেই পাত্রে পানের পিক পুচ করে ফেলে গালের কষ শাড়ির আঁচলে মুছতে মুছতে একটু খানি গলা খাঁকারি দিয়ে ওঠেন । বাছা এয়েচ । আসো আসো । ইন্দু লেখার মাথা থেকে পা অবধি দেখতে দেখতে বাঁকা সুরে কেমন যেনো এক অবজ্ঞা ও ঈর্ষার সাথে বলে, তা বলি নতুন বউয়ের পায়েস রান্না জানা আছে নিশ্চয়? শোনো বাছা আজ তোমায় নিজ হাতে নতুন উনোন বানিয়ে গোয়াল ঘর থেকে দুধ দুইয়ে পায়েস রাঁধতে হবে এটি আমাদের ঘরের নিয়ম বৈকি । ইন্দু এমনিতেই সারাদিনের এই আসা যাওয়া মিলিয়ে পরিশ্রান্ত, তার ওপর এখন দুধ দুয়ে পায়েস তৈরির কথা শুনে কেমন যেনো ভ্যাবাচেকা খেয়ে যায় । আর এক কথা শুনে রাখো বাছা সন্ধ্যার পর আমার আর প্রতাপের অনুমতি ছাড়া সদর চৌকাঠ মারানোর কথা মনে ভুলেও আনবে নে যেনো বুঝেছো বাপু, দিনকাল ভাল নয়, চারিদিকে শত্তুর সব । ইন্দু গভীর কৌতূহলে একবার বড়মার মুখ পানে চেয়ে একবার সকালের সেই জন্তুর কথা জিজ্ঞেস করবে ভেবেও কেন যেন আর করে না । শুধু ঘাড় নেড়ে সম্মতি জানাই । তবু নতুন বউ সে তাই কথা না বাড়িয়ে দুধ দুইতে যায় এক দাসীকে সঙ্গ নিয়ে, ইন্দু গোয়াল ঘরে যেতে যেতে দাসী কে শুধাই তোমার নাম কি গো মেয়ে? কি বলে ডাকবো তোমায়? প্রত্যুত্তরে মেয়েটি মাথা নীচু করে বলে ওঠে, 'আজ্ঞে আমি অন্নদা, এই ভিটের সবথেকে পুরোনো দাসী মোক্ষদার মেয়ে এই বলে আবার একবার চারিদিকে দেখে নেই তাড়াতাড়ি তারপর আবার চুপ হয়ে যায় ।" ইন্দু ভাবে এ কেমন ধারার বাড়ি রে বাবা সবাই কেমন ভয়ে ভয়ে থাকে, ভয়ে ভয়ে কথা কয়,এ ভাবতে ভাবতে ইন্দু তার আনকোরা হাতে শাড়ির আঁচল খানা দিয়ে পিঠ খানা কোন রকম ভাবে ঢেকে অন্নদার সাথে গোঁয়াল ঘরে গিয়ে ঢোকে । গোঁয়াল ঘরে দুটো গাভী বেশ খোসামোদ করে খড় চিবোচ্ছে । ইন্দুর দিকে একবার তাকিয়েই মুখ ফিরিয়ে আবার খড় চিবোতে থাকে দুটোতে । বেশ নাদুস নুদুস চেহারা তাদের । ইন্দু লেখা এদের দেখে ঘাবড়ে গিয়ে মনে মনে ভাবে সে তো কখনো দুধ দোয়াইনি,কি করবে সে! আর এই কাজ সে পারেনা জেনে এই অন্নদা যদি ওই ভয়ঙ্করী

বড়মা কে জানিয়ে দেই? অন্নদা যেনো তার মনের কথা অন্তর্যামীর মতো বুঝতে পেরে ফিস ফিস করে বলে, 'নতুন বউরাণী মা আপনি এসব বাপ জন্মেও করেননি জানি, দিন আমি দুধ দুইয়ে দিই কিন্তু আপনি ঘুণাক্ষরেও আমার কথা মুখে আনবেন নে যেনো, প্রথম দুই বউরানীর ওপর ও এরম অত্যাচার হয়েছে। আমি তখন অনেক ছোটো,তাদের যে কি দিন আর কিই বা রাত আহারে আমার মা আমার কাছে কেঁদে কেঁদে তাদের কষ্টের কথা বলত, বলতে বলতে হটাৎ চুপ করে যায় সে।" আমি সে কথা জানতে চাইলেও মুখ খোলে না আর। ইন্দু যেনো এর মাঝেও অনুভব করে তাদের মাঝে তৃতীয় কোন ব্যক্তি রয়েছে, খুব কাছে, তার শীতল নিশ্বাস যেনো ইন্দুর গরম নিশ্বাসের সাথে মিশে যাচ্ছে, ইন্দু গোয়াল ঘরের উত্তর কোনে লক্ষ করে এক অতিব সুন্দর নারী সিঁথি জুড়ে যেনো আদিম যুগের সিঁদুর মেখে আলুথালু বেশে শাড়ির আঁচল লুটিয়ে করুণ দৃষ্টিতে তার দিকে তাকিয়ে কিছু যেনো বলতে চাইছে! দেখে মনে হয় কত কত যুগ ঘুম নেই তার চোখ জুড়ে! ওই বড় বড় চোখ দুটো কালো ছোপে ঢাকা, ইন্দু বলে ওঠে, 'কে গো তুমি অমন ভাবে দাড়িয়ে কিছু বলবে বুঝি?" ইন্দুর এমন বকবক শুনে অন্নদা হা করে ইন্দুর মুখের দিকে তাকিয়ে বলে ওঠে, 'ও নতুন বৌ? কার সাথে একা একা কথা কও ওই দেওয়ালের দিকে চেয়ে, কোথায় কে?" আহাগো কাল থেকে যা যক্কি যাচ্ছে তাই বুঝি ভুল বকছে, তার ওপর বড়মার এমন হুকুম আহা গো; শোনো নতুন বৌ তুমি বরং তাড়াতাড়ি এই পায়েস রেঁধে শুয়ে পড়ো গিয়ে, আবার গা টা ছমছম করে ওঠে ইন্দু লেখার। ধূর ছাই এই বাড়িতে এসে থেকে কী যে হচ্ছে, যাই হোক অপটু হাতে পায়েস রাঁধতে রাঁধতে সে ভাবে তার মায়ের বলা কথা গুলো। মা বলেছিল, 'তোর শশুর বাড়িতে তোকে কখনো নিজ হাতে রাঁধতে হবেনে এই যা রক্ষে, নইলে তুই তো কপাল পুড়িয়ে আমার কোলে এয়েছিস,তবে স্বামীর মঙ্গলের জন্য পায়েস রাঁধতে শিখে রাখ।" দেখ আমি কিভাবে রাঁধি সেইরম ভাবে তুই ও করিস মা আমার। ইন্দু অবোধ চোখে ঘাড় খানা নেড়ে সম্মতি জানিয়েছিল সেদিন। পায়েস রেঁধে ইন্দু ঘরে ফিরে আসে,সকাল থেকে একটা দানাও তার জোটেনি, সদ্য নতুন বউ হয়ে খেতে চাওয়ার কথাও শোভা পাই নে তার। এই মুহূর্তে তার বাপের বাড়ির কথা খুব মনে পড়ে, মা সময় মতো তার মুখে খাবার তুলে দিত কারণ ইন্দু ক্ষুদা একদম সহ্য করতে পারতো না। এমন সব পুরোনো কথা ভাবতে ভাবতে সে লক্ষ্য করে হঠাৎ জানালার ধারে পর্দার ছায়া তে দেখে এক টা জন্তুর মতো বিশালাকার মাথা বিশিষ্ট দেহ যেনো সরে গেলো। কি ভয়ঙ্কর গো গো আওয়াজ তার। ইন্দু ভয়ে কাঁপতে কাঁপতে ধীর পায়ে জানলার গ্রীলটা ধরে মুখ বাড়াতেই ওই জন্তু টি কে দেখে আঁতকে উঠে! ভয়ে চোখ দুটো যেনো

ঠিকরে বেরিয়ে আসে ইন্দুর ; চিৎকার করে কপাট দুটো তৎক্ষনাৎ লাগিয়ে এক ছুটে বিছানায় উঠে হাঁপাতে হাঁপাতে ঠক ঠক করে কাঁপতে থাকে, ওমাগো ওটা কি এই ভর সন্ধ্যা বেলায় এই বাড়িতে ঢুকলো কি করে! একেই তো সে সকালেও দেখেছিল। এই দানবদের সাথে সে এই একই বাড়িতে তাকে থাকতে হবে, এই ভয়ে সাথে অন্তরের শত শত কৌতুহল, পেটে খিদা, সারাদিনের ক্লান্তিতে ইন্দুর আত্মারাম খাঁচছাড়া অবস্থা। ক্লান্তিতে চোখ জুড়িয়ে আসে তার, বিছানায় গা এলিয়ে ইন্দু লেখা নরম তক্তপোশের ওপর কখন যে শুয়ে পরেছে তা সে টের পায়নি। হটাৎ ঘুম ভাঙ্গলো এক ভারী গম্ভীর গলায়.... ইন্দু.. ইন্দু..একটা উষ্ণ শক্ত হাত তার মাথায় ওপর কেউ বোলাচ্ছে সে অনুভব করতেই এক ঝটকাই ঘুম ভেঙে গেলো ইন্দুর। এমন গম্ভীর আওয়াজে তার শরীর যেনো হাড় হিম করা ঠান্ডায় শিহরিত হয়ে ওঠে ক্ষনিকের জন্য। তার মাথায় ঘোরে ওই জন্তুর ও ভাবে বাড়ি ময় ঘুরে বেড়ানো। সে যেনো অবশ হয়ে চেয়ে রইলো ক্ষণকাল। পূনরায় ডাক এলো কানে ইন্দু তুমি কি শুনতে পাচ্ছো? হটাৎ সম্বিত ফিরে ইন্দু বলে, 'আজ্ঞে একটু ঘুমিয়ে পড়েছিলুম;" অপর দিক থেকে আবার সেই গম্ভীর স্বর ভেসে এলো অনেক রাত হয়েছে ইন্দু খেয়ে নাও আগে, তারপর কথা হবে। ঘড়ির কাঁটায় এখন প্রায় ৯ছুঁই ছুঁই ইন্দু তাকিয়ে দেখে। সত্যিই তো অনেক রাত। ঢং ঢং ঢং তিনবার ঘণ্টার বাজার মত আওয়াজে ঘড়ি জানান দেই নয়টা বাজে। খিদেও পেয়েছে খুব, সাথে সাথেই দাসী এসে ইন্দুর খাবার দিয়ে গেলো ঘরে। নুচি,আলুর চচ্চড়ি,সন্দেশ। খেয়ে নাও ইন্দু দুপুরে তো কিচ্ছুটি খাওয়া হয়নি তোমার। দরজায় ঠক ঠক করে তোমার সাড়া না পেয়ে অন্নদা খাবার নিয়ে এসে বার কয়েক ঘুরে গেছে। প্রতাপ চন্দ্র জানলার পাশে গিয়ে ধবধবে সাদা জালি পর্দার অর্ধেকাংশ সরিয়ে বলেন, 'দেখেছ ইন্দু লেখা আকাশে চাঁদের আলোয় ঝলমল করে উঠেছে। পুষ্করিনীর জলে চাঁদের আলোয় ছবি খানা কি অপরূপ দেখাচ্ছে দেখো.. বহুকাল বাদে এ ঘরে তোমার সুবাদে পা পড়ল। ওহ, খেয়ে নাও আগে ইন্দু লেখা।" ইন্দু প্রতাপ চন্দ্র কে জানলার ধারে ওমন ভাবে দাঁড়াতে দেখে গলায় একরাশ উৎকণ্ঠা নিয়ে আচমকা বলে ওঠে, 'যাবেন নে ওই খানে। একটা বিশাল মাথার জন্তু হেঁটে চলে বেড়াচ্ছে বিকট আওয়াজ করতে করতে। আপনি যাবেন নে।" প্রতাপ চন্দ্র ইন্দুর দিকে মুখ ফিরিয়ে ভ্রু কুঁচকে কিছু একটা ভেবে বলেন, 'ও কিছু নয় ইন্দু তুমি চিন্তা কোরো নে, ও তোমার কোনো ক্ষতি করবে নে, রাত বিরাতে আমাই না জানিয়ে সদর দরজার বাইরে যাবে নে, ঠিক আছে।" ইন্দু অবাক কৌতুহল চোখে প্রতাপ চন্দ্রের মুখ পানে চেয়ে মনে মনে ভাবে,সকলে এক কথা কয় অথচ এর পিছনের আসল রহস্য উন্মোচন করেন নে কেন? প্রতাপ চন্দ্রের ওই ক্রুর

চোখ খানা দেখে আর বেশী কিছু জানতে সাহস হল না ইন্দুর। শুধু ইন্দু মাথা নেড়ে আবার খাওয়াতে মনোযোগ দেই। ইন্দু আড়ষ্ট ভাবে হলেও ক্ষিদের জ্বালায় যেনো সবগুলো খাবার খুব তৃপ্তি করে খেয়ে হাত মুখ ধুয়ে ঘরে আসা মাত্রেই এক ঝটকায় তাকে কেও যেনো বিছানায় ফেলে। সে আর কেউ নয় জমিদার প্রতাপ চন্দ্র, তারপর শুরু হলো রাতের খেলা.. আষ্টেপৃষ্ঠে জড়িয়ে ধরে ইন্দুর বাহুযুগল, থরথর করে কাঁপতে থাকে ইন্দুর সারা শরীর, ওই একরত্তি মেয়ে কিছু বোঝার আগেই ঘটে যায় শরীর খেলা..বয়ে চলে রক্ত গঙ্গা।

কাকভোরে ঘুম ভেঙে যায় ইন্দুর,শরীর জুড়ে অসংখ্য ক্ষতের দাগ সাথে অসহ্য ব্যাথায় গা গুলিয়ে উঠছে তার, পাশে শুয়ে অচৈতন্য রত স্বামী অকাতরে নাক ডাকছেন। তাঁর এই ঘুমন্ত অবস্থা যেনো জোরে জোরে বলে যাচ্ছে অনেক দিনের পর এই শান্তির ঘুম। ইন্দু অভিমানে ঘৃণায় এক মুহূর্তের জন্য চিৎকার করে বলে ওঠে, ‘এ তার স্বামী নয় কোনো অত্যাচারী পাষণ্ড,” যন্ত্রণায় কুঁকড়ে যায় সে, নুইয়ে পড়া ঘাড় তুলতেই জানলার পর্দার আড়ালে যেনো মনে হয় কোন আবছা শরীর এক ভাবে ইন্দু কে দেখছে, শীতল এক বাতাস ভেসে এসে তার শরীরে মিশে যায় ক্ষণিকের মধ্যে। ইন্দু ওই যন্ত্রণার সাথে সাথে এই শীতল বাতাসের ছোঁয়ায় কাটা মাছের মত কেঁপে বলে ওঠে, ‘ও মাগো কি ঠান্ডা!” কেউ যেনো পাশে গা ঘেঁষে বলে যায় ফিশফিশ করে, ‘সয়ে নাও ইন্দু.. তোমাকে আরও অনেক কিছু সইতে হবে, এই তো সবে শুরু।” হটাৎ এমন দৃশ্যে আঁতকে ওঠে ইন্দু! কোনক্রমে ঢোক গিলে নীচু স্বরে ভয়ে ভয়ে বলে কে কে! অতি যন্ত্রণায় কথা গুলো কেমন জড়িয়ে যাচ্ছে তার। কোনো ক্রমে খাট থেকে নেমে এক ঝটকাই দরজা খুলে বেরিয়ে যায় ইন্দু। এই বদ্ধ ঘরে দম বন্ধ হয়ে আসছিল ইন্দুর। দোর খুলে দেখে এখনও ভোরের আলো ফুটতে ঢের বাকি। ওই আধো অস্পষ্ট আলোতে তার ঘরের পাশের বাঁধানো পুকুরে জলের কুলুকুলু আওয়াজ শোনা যাচ্ছে। ইন্দুর গত রাতের ঘটনা মনে পরার সাথে সাথে শরীরের এই তীব্র ছিড়ে খাওয়া যন্ত্রণায় ঢলো ঢলো দু চোখ বেয়ে অশ্রুধারা বয়ে যায়। সাথে মনের ভেতর মোচড় দেই,কে ছিল ওই জানলার আবছায়া তে? দূর থেকে যেনো এক মায়াবী যন্ত্রণা দায়ক ক্ষীণ সুর ভেসে আসে ধীরে ধীরে.. ইন্দু সেই আওয়াজ অনুসরণ করে এগোতে থাকে, নিজের অজান্তেই সে কখন উত্তর দক্ষিণ লাগোয়া সেই বন্ধ ঘর দুটোর সামনে এসে দাঁড়িয়ে থাকে পাথরের মত, হটাৎ পিছন থেকে কে যেন তার হাত ধরে টেনে বলে, ‘ও নতুন বউ রাণীমা এই কাক ভরে এদিকে কোথায় যাচ্ছেন?” ভুলেও এ ঘরে প্রবেশ করার চেষ্টা করবেন নে যেন। এখন চলুন দেখি

বিশ্রাম নিন, কর্তা বাবু না দেখতে পেলে বাড়ি মাথায় করবেন এই বলতে বলতে, আরতি তাকে নিজ ঘরে পৌঁছে দিয়ে পাক ঘরের দিকে চলে যায়। ইন্দুর মনের কৌতূহলের বাসা বাঁধে।

শ্রাবণের শেষ ভাদ্রের শুরু সবে, বিয়ের দু দুটো মাস কেটে গেছে দেখতে দেখতে, এখন ইন্দু প্রায় অভ্যস্ত হয়ে গেছে এই পরিবেশে। ফিস ফিস করে সর্বদা কেউ বলছে, 'খুব সাবধান! সাবধানে পা ফেলো ইন্দু লেখা .."ইন্দু এই কয়েক মাসে বোঝে যেই থাকুক তাঁর চারপাশে ছায়া রূপে সে যে তাঁর ক্ষতি চাই নে বরং শুভাকাঙক্ষী। অবাক করা বিষয় ইন্দু লক্ষ করে, প্রতাপ চন্দ্র আগের থেকে অনেক বিনয়ী নম্র হয়েছে। এখন সে আর বাইজি বাড়িতে রাত কাটাই না।এমন কি সুরা পান ও অনেক কমিয়ে দিয়েছেন এই নিয়ে বড়মা তো একদিন শুনিয়েই দিলেন, যাক বাছা প্রতাপের আমার মতি ফিরেচে দেখচি,এই নতুন বউ আসা তে। প্রতাপ সন্ধ্যা লাগতে না লাগতেই অন্দর মহলে প্রবেশ করেন। ইন্দুর জন্য প্রত্যহ বকুল ফুল কিনে আনেন, ইন্দুর বকুল ফুল খুব পছন্দের ইন্দু সুন্দর করে সেজে গান গাই গুনগুন করে। জমিদার বাবুর এতো সব কাণ্ড কারখানা শুধু এক খান সন্তানের আশাতে। ইন্দুর জানা তবুও সে এই টুকু যত্ন কে আগলে নিয়ে আনন্দ উপভোগ করে নিজ অন্তরে। ইন্দু কে ভীষণ ভালোবেসে ফেলেছে সে, সর্বদা আষ্টে পৃষ্ঠে বেঁধে রাখতে চাই নিজের সাথে। প্রতাপ চন্দ্রের এমন পশু বৃত্তি আচরণ ইন্দুর ক্ষেত্রে কষ্ট দায়ক হলেও ইন্দুর ও ক্রমাগত তাঁর স্বামীর প্রতি এক আলাদা টান ও মায়া জন্ম নিয়েছে। যার আশায় জমিদার প্রতাপ চন্দ্র দীর্ঘ অপেক্ষারত, দিন কাটে রাত কাটে কিন্তু সুখবর এখনো কিছুই আসে না। তবুও ইন্দু লেখার প্রতি তাঁর দিন দিন ভালোবাসা ও স্নেহ ক্রমাগত বেড়েই চলেছে। ইন্দুর কথা ছাড়া কোনো সিদ্ধান্তই তিনি আজকাল নেন না। বড়মার কোনো সিদ্ধান্তই তিনি আগের মতো সর্ব পরিহার্য বলে গ্রহণ করেন না, এতে বড়মা যেনো ঈর্ষান্বিত হয়ে ইন্দু কে সহ্য করতে পারেন না। আগের দুই স্ত্রীর বেলায় বড়মার সিদ্ধান্তই ছিল সর্ব পরিহার্য। এই ভাবেই কেটে যায় এক একটা দিন এক একটা রাত,আর তার সাথে ঘটে চলে সঙ্গম খেলা।

এখন এই অলৌকিক ঘটনা গুলো ইন্দুর কাছে নিত্ত দিনের ঘটনা মনে হয়। এই অন্দর মহলের চারিদিক ইন্দু ঘুরে ঘুরে দেখে। প্রত্যেক পূর্ণিমা অমাবস্যা তে ওই পঞ্চ মাথার বিশালাকার দৈত্য কে ইন্দু দেখে সন্ধ্যার পর ঘুরে বেড়াতে কিন্ত সেই দৈত্যে ইন্দুর ধারের কাছেও আসে না এর

কারণ ইন্দুর আজও অজানা। এই দৈত্যর মূর্তি সে দরজার বাইরে দেখেছিল এই বাড়িতে প্রথম দিন ঢোকার পূর্বে। গায়ে কাঁটা দিয়ে উঠেছিল ভয়ে সেই মুর্তি দেখে, আর সেই কিনা ঘুরে ফিরে বেরাই রাতে। কেউ কিছু বলেনা যাক গে ইন্দুর তাতে কী? ইন্দু ঘুরতে ঘুরতে দেখে চারিদিকে কত মূর্তি সাজানো শুধু তে তলার সিঁড়িতে এখনো সে পা দেইনি। ছাদেও ওঠেনি কখনো।

ভাদ্রের গা প্যাঁচ প্যাঁচে অসহ্য গরমে নিত্ত দিনের মত সাঁঝ বেলায় পুকুর থেকে নেয়ে এসে ইন্দু ঝুল বারান্দায় আরাম কেদরাই বসে আপন মনে তার দক্ষিণের বাগানে পর পর সাজানো সারি সারি নারকেল গাছ গুলো দেখছে, বাতাসের সাথে সাথে তাল মিলিয়ে কেমন এক বার ডান দিকে একবার বাম দিকে কোমর দোলাচ্ছে ঠিক যেনো নারীর নৃত্য। সাঁঝ বেলার এই অপরূপ সৌন্দর্য উপভোগ করছে ইন্দু লেখা, পাশে অন্নদা দি দাঁড়িয়ে তাকে তার সখীদের সাথে খেলার গল্প, এই বাড়ির নানা গল্প শোনাচ্ছে। গল্প করতে করতেই সে লক্ষ্য করে কখন অন্নদা দি চলে গেছে। হটাৎ সে আকাশের দিকে তাকিয়ে দেখে সূর্যের শেষ আলো টুকু নিভে গিয়ে চাঁদের হলুদ গাত্র বর্ন সারা আকাশ কেমন সুন্দর করে সেজেছে। পাশে তারারা মিটি মিটি হাসছে কেমন। নারকোল গাছ গুলোর ফাঁক দিয়ে অতিব সুন্দর দেখাচ্ছে চাঁদ কে। ইন্দু নিজ মনেই গুনগুন করে গাইতে শুরু করে...

'ধীরে ধীরে বায়ু বহিতেছে

রঙ্গে ভঙ্গে তরঙ্গে নাচিতেছে

গুঞ্জিছে গুনগুন ভ্রমর ফুলে

সুন্দর মধু ঋতু আইলো রে

চন্দ্র কিরণে দিক প্লাবিল রে......"

হঠাৎ ইন্দুর পেছন থেকে কেউ যেনো ছম ছম নূপুর পায়ে সিঁড়ি দিয়ে ওপরে উঠে যায়।। ইন্দু শুনতে পাই কেউ যেনো ওই একই গান খুব দরদ দিয়ে গাইছে, তে তলার ঘর থেকে ভেসে আসে পিয়ানোর সুর। ইন্দু ভাবতে থাকে এই সময়ে ওই উপরের ঘরে কে এমন গান গাইছে? সদ্য জ্বালানো ঝাড় লন্ঠন টা বা হাতে তুলে, কৌতূহলী চোখে কোনো

রকমে মাথার ঘোমটা টেনে ইন্দু এক পা এক পা করে তে তলার সিঁড়ির ওপর উঠতে উঠতে বলে, কে? কে গো? এই ভর সন্ধ্যে বেলা তে একা একা ওপরে অমন দরদ দিয়ে গাইছো? সত্যিই গানের সুরে কেউ যেনো তার সব যন্ত্রণা মিশিয়ে দিয়ে দরদ দিয়ে গেয়ে চলছে আর তে তলার ঝুল বারান্দায় ছম ছম করে হাঁটছে। ইন্দু সিঁড়ির ওপরে এক পা ফেলতেই পেছন থেকে একটা ভয় মিশ্রিত আওয়াজ ভেসে আসে, পিছনে ফিরে ইন্দু দেখে অন্নদা দি একটা বাটি হাতে চাপা গলায় বলছে, 'ও নতুন বউ শিগগিরি নেমে আসো বলচি,বড়মা জানলে আর রক্ষে থাকবে নে," এই বলে দুটো সিঁড়ি উঠে গিয়ে এক প্রকার জোর পূর্বক ইন্দু কে নামিয়ে আনতে আনতে বলে, 'কি যে করো নে তুমি, জানো নে গো ওপরে যাওয়া মানা, তোমাকে নিয়ে আর পারিনে আমি, ঘরে চলো দিকি একটু সাবু মাখা নিয়ে এয়েচি খেয়ে নেবে চল দিকিনি।" ইন্দু কালো টানা টানা চোখ দুটিতে হালকা ভাঁজ এনে গভীর কৌতূহলে হালকা আমতা আমতা করে বলে, 'কিন্তু অন্নদা দি এই ভর সন্ধ্যা তে কে অমন গান গাইছে গো উপরে! তাও আবার একা একা?? আমরা তো সকলেই নীচে!" এই দোতলায় আমরা তো দুই জন থাকি জমিদার বাবু আর আমি,বড়মা তো নিচের ঘরে আর দাস দাসীদের সকলের ঘর তো পশ্চিম দিকে,আর সারু জ্যাঠা তো আজকাল রাত্রি বাস করেন না, বিকেল বিকেল রান্না সেরে নিজ বাড়িতে ফিরে যান। আর বিয়ের পর থেকে দেখেছি সব দাস দাসীরা সন্ধ্যার পর একা এ মুখো হয় নে কখনো। আসলে ও সবাই জোট বেধে আসে তাহলে কে একা একা!! তার আগেই অন্নদা প্রসঙ্গ পাল্টে বলে, 'চল চল খেয়ে নেবে চলো। সারাদিন তো উপোস ছিলে। চল চল..." ' ইন্দু আবার শুনতে পাই কেউ বলছে, সাবধান ইন্দু সাবধান।"

আশ্বিন মাসের মেঘ মালায় পূজার আমেজ। কাশ ফুলের সমাবেশে ছেয়ে গেছে মাঠ, ঘাট। ইন্দু মন্দির প্রাঙ্গণের চারিধারে দেখে কাশ ফুলের বন। ইন্দুর অন্তর উদাস হয়ে পরে, হারিয়ে যায় পুরোনো দিনে। মনে পরে তার ছেলে বেলা,নতুন কাপড় , নারকোল নাড়ু কিন্তু এ বাড়িতে তো পুজো বন্ধ, বড় একটা দীর্ঘশ্বাস ফেলে হতাশ মনে ভাবতে ভাবতে হটাৎ কাঁধে কারো হাতের স্পর্শ পেতেই চমকে চোখ ঘুরিয়ে দেখে এ আর অন্য কেউ নন তার স্বামী প্রতাপ চন্দ্র দাঁড়িয়ে, হাতে একখানা সুন্দর বাক্স। ইন্দু জিজ্ঞেস করার আগেই, প্রতাপ চন্দ্র বলেন, 'দেখো তো ইন্দু লেখা তোমার পছন্দ হয় কিনা?" বাক্স খানা খুলতেই ইন্দুর মুখ খানা আনন্দে রাঙা হয়ে

ওঠে বাহ্ কি সুন্দর জামদানি তাঁতের শাড়ি কিন্তু সে যে শুনেছিল, এ বাড়িতে পুজোর কথা বলা নিষেধ! অবাক চোখে প্রতাপ চন্দ্রের দিকে তাকিয়ে ইন্দু কিছু বলতে গেলে প্রতাপ চন্দ্র বলেন, 'এবার তুমি মণ্ডপে যেও ইন্দু অন্নদা র সাথে।" ইন্দু লাজুক চোখে একবার প্রতাপ চন্দ্রের দিকে চেয়ে বলে, 'আমি তো না হয় এত শাড়ি পেলুম কিন্তু বাকি দাস দাসীদের?" প্রতাপ ধীর ও গম্ভীর স্বরে বলেন, 'ওহ বুঝেছি তুমি বুঝি চাও তারাও শাড়ি পাক তাইতো ইন্দু?" ইন্দু লেখা প্রত্যুত্তরে হালকা মাথা নেড়ে আনন্দে শাড়ি গুলি নিয়ে লজ্জায় ছুটে যায় নিজ ঘরে। পাছে প্রতাপ ফিরে না আসে এই মুহূর্তে তাই ঘরের দোর দিয়ে আয়নার সামনে এসে ইন্দু হাঁপাতে হাঁপাতে মনে মনে ভাবে সে কত সৌভাগ্যবতী যে এমন রাগি গম্ভীর স্বামী তাঁকে একমাত্র ভালোবাসা উজার করে দিচ্ছে। এই ভেবে সে তার স্বামীর প্রতি কৃতজ্ঞতা জানায়।

পরদিন অন্নদা দি ঘরে এসে ইন্দুর মুখে সব শুনে অবাক হয়ে বলে, 'নতুন বউ রাণীমা তুমি বিয়ে করে আসার পর জমিদার বাড়ি যেনো কিছু টা হলেও আগের মতো ধীরে ধীরে প্রাণ ফিরে পেয়েচে গো।" পরদিন বিকেলে বেলা অন্নদা ঝুল বারান্দায় গল্প করতে করতে আনন্দে প্রফুল্লিত ভাবে বলে, 'জানত নতুন বউ রাণীমা এবার পুজো তে আমরা সকলে শাড়ি উপহার পেয়েচি গো শুধু তোমার জন্যি গো।"অন্নদার মুখে এ কথা শুনে আনন্দ যেনো ধরে না ইন্দুর। এ প্রসঙ্গেই ইন্দু লেখা কে অন্নদা বলে, 'বহুকাল আগে মা অন্নপূর্ণার স্বয়ং স্বর্ণ প্রতিমা এই মন্দিরে বিরাজমান ছিল, চৈত্র মাসের শুক্লা তিথিতে ধুম ধাম করে পূজা হত। গাঁয়ের লোকে পাত পেড়ে ভোগ প্রসাদ খেতো। কিন্তু অতীতে বাড়ির কিছু অনাচারের কারণে সেই প্রতিমা অদৃশ্যমান, আর ছোটো গিন্নী মা মারা যাওয়ায় পর পুজোর কথা কেউ মুখে আন তো নে।" ইন্দু লেখা মনে মনে প্রতিজ্ঞা করে সে মাকে আবার মন্দিরে নিজ রূপে ফিরিয়ে আনবে। দেখতে দেখতে কেটে যায় পূজার চারটি দিন। কাসর ঘণ্টা বাজে মণ্ডপে মণ্ডপে। বিজয়া তে মা কে নিজ হাতে চুমিয়ে অশ্রু চোখে বিদায় জানিয়ে অন্নদা র সাথে ঘরে ফিরে ইন্দু লেখা। দরজায় দাড়িয়ে বড়মা বলেন, 'তা বাছা এখন ফেরার সময় হলো তোমাদের এই বলে অন্নদার দিকে কটমট করে চেয়ে বলেন, তুমি জানো নে বাছা এ বাড়ির নিয়ম কানুন। নতুন বউ কে বলনি নাকি। প্রতাপ দেকচি দিন দিন তোমাই মাথায় তুলে নাচচে। যা বলচো তাই করচে। ছি ছি বাড়ির বউ ভিন পাড়ায় গিয়ে বিজয়া করচে। জানিনে বাপু দিনে দিনে আর কি কি দেখতে হবে।" আজ ফিরুক ঘরে প্রতাপ তারপর দেকচি

তোমার এতো বাড় কিসের এই বলতে বলতে রাগে গট গট করে চলে জান নিজ ঘরে। ইন্দু আর অন্নদা মিচকি হেসে ঘরে যায়।

সর্ব প্রথম ইন্দুই বাড়ির একমাত্র বৌ হিসেবে বড়মার কথার অমান্য করে মায়ের মন্দির নিজ হাতে আবার পুজো শুরু করে। ঘরে ঘরে ইন্দু নিজে সন্ধ্যা প্রদীপ দেখাই,ধুনো জ্বালায়। এমনকি বন্ধ সেই ভগ্ন মন্দিরে প্রতাপ চন্দ্রকে রাজী করিয়ে ইন্দু আবার কুল দেবী অন্নপূর্ণার মাটির একটি পটে ছবি এঁকে পূজা শুরুর বন্দবস্ত করে, এই বিষয়ে বড়মা কামনা প্রিয়ার ছিল ঘোর আপত্তি, কিন্তু প্রতাপ চন্দ্র এ ক্ষেত্রে সম্মতি দেওয়াই বড়মা কিছুই করতে পারেন না আখেরে। কামনা প্রিয়া শুধু ক্ষভিতো অন্তরে প্রশ্ন জাগে, কে এই ইন্দু লেখা! যার কথায় প্রতাপ উঠছে আর বসছে। কিন্তু প্রকাশ্যে কিচ্ছুটি বলতে পারে নে প্রতাপের। ১৮৬৩ সাল, দিনটি বৃহস্পতি বার ১৬ ই চৈত্র, এক শুক্লা তিথিতে, সেই মন্দির আবার নতুন ভাবে প্রতিষ্টা করতে ইন্দু তার পিতা রাম চরণ মশাই কে ডাক পাঠান, ইন্দু মন্দির প্রাঙ্গণে সাদা আলপনায় সাজিয়ে তুলে চারিদিক। মন্দিরের ভেতর ফুলের মালা দিয়ে সাজানো হয় ঠিক আগের মত অন্নদা দির মুখে শুনে শুনে। রাম চরণ বাবু উপস্থিত হন যথা সময়ে,তিনিই ছিলেন এই মন্দিরের নিত্ত সেবায়েত এই বিষয়ে প্রতাপ চন্দ্র কেনো যেনো আপত্তি করতে পারেননা, ধীরে ধীরে তিনি নতুন ভাবে যেনো বাঁচার স্বাদ খুঁজে পেয়েছেন ইন্দুর স্পর্শে। রাম চরণ বাবু নিজ হাতে ওই মাটির পটে প্রাণ প্রতিষ্ঠা করেন দেবীর, তিনি জানান মা অদৃশ্যমান হলেও তিনি পুজো করতেন দেবীর পাটে,কিন্তু জমিদার প্রতাপ চন্দ্রের দ্বিতীয় স্ত্রীর মৃত্যুর পর সেই যে মায়ের মন্দিরের গেট বন্ধ করেন তার পর থেকে প্রায় ৪বছর মা অভুক্ত পড়ে ছিলেন এই সব কিছুই হয়েছিল ওই কামনা প্রিয়ার কথার ফল স্বরূপ, ইন্দুর মাথায় হাত বোলাতে বোলাতে রাম চরন বাবু আনন্দে বলেন, ‘মা তুই অনেক বড় এক খানা কাজ করলি রে মা,” ইন্দু হাসি মুখে দুহাত জোড় কোরে তাকাই নিজ আঁকা পটে মায়ের ছবিতে,শুরু হয় মা অন্নপূর্ণার পূজা ঠিক আগের রূপে। ঠিক পুরনো দিনের মতো গ্রামের দিন দুঃখী রা পাত পেরে অন্ন গ্রহণ করেন। সন্ধ্যে প্রদীপ পরে ঘরে ঘরে। শুধু বড়মার ঘর খান,আর দক্ষিণ পশ্চিম লাগোয়া ওই বিশাল দুই খান ঘর ছাড়া, ইন্দু অন্নদা কে বলে ও অন্নদা দিদি ওই ঘর দুই খানা কাল ভোর ভোর উঠে দুজনে পরিস্কার করে নেবো বুঝলে! ইন্দুর এই কথা শুনে অন্নদার মাথায় যেনো বজ্রপাত ঘটে, তাড়াতাড়ি ইন্দুর কাছে গিয়ে বলে খুব ধীর স্বরে, ‘চুপ চুপ আর কখনও এই কথা মুখে আনবে নে, নতুন বউরাণী মা। কামনা প্রিয়া ইন্দুর আসল

পরিচয় পেয়ে রাগে ক্ষোভে ফেটে পড়েন, কিছুতেই এসব মেনে নিতে পারছিলেন না তিনি। তিনি ছক কষতে থাকে ইন্দু কে অপদস্ত করার। কিন্তু প্রতাপ চন্দ্রের ভয়ে বিশেষ কিছু করে উঠতে পারেন না। ইন্দুর সব বিষয়ে এতো কৌতূহলে তিনি মনে মনে ভীষণ রুষ্ট হন। তিনি মনে মনে ভাবতে থাকেন, ইন্দু যেনো ওনার আধিপত্য ধীরে ধীরে নষ্ট করে ফেলছে। উনি আবার ফন্দি আঁটতে শুরু করেন আগের বউ গুলোর মত কিভাবে ইন্দু কে শেষ করা যায়। উনিও ইন্দুর এক সন্তানের অপেক্ষায় আছে, সেই সন্তান তার শেষ শিকার হবে। এইভাবে তিনি নিজ মনকে শান্ত রাখে।

অন্দমহলের কিছু অংশ ইন্দুর প্রায় চেনা, শুধু কিছু ঘর বিয়ে হয়ে আসা অবধি সে দরজা বন্ধ দেখে আসছে সাথে পুঁটুলি বাঁধা লাল কাপড়ে মোড়া। এই ঘর গুলো ইন্দু কে দিন দিন যেনো গ্রাস করছে। ইন্দু সাহস করে যতবার ঘরগুলোর খোলার কথা বলে, ততবার সে লক্ষ্য করেছে বড়মার ভীষণ আপত্তি এই বিষয়ে। একদিন এই প্রস্তাবে বড়মা কামনা প্রিয়া ইন্দু কে বেশ রাগ মিশ্রিত গলায় বলেন, 'শোনো বাছা, এই তো কদ্দিন হলো এয়েচ এই ভিটে তে, তা এখনই এতো মাতব্বরি ; এসব বন্ধ করো নইলে কপালে ঢের দুঃখ আছে তোমার এই বলে দিলুম।" এই বলে ইন্দুর মুখ পানে এক বার কট মট করে তাকিয়ে নিয়ে নিজ ঘরে চলে যান। প্রথম প্রথম ইন্দু বড়মা কে সমীহ করলেও ধীরে ধীরে তার ভয় কেটে যায়, এখন সে বড়মার কথা এড়িয়ে চলে,খুব একটা পাত্তা দেইনা। বড়মা এতে ক্ষোভিত হলেও তিনি ইন্দু কে খুব একটা চটাতে চাননা, কারণ তাতে তারই ক্ষতি হতে পারে এই ভেবে। বাড়ির তিন দাসীর মধ্যে একমাত্র অন্নদা আর আরতি ইন্দু কে সবসময় আগলে রাখে কামনা প্রিয়ার কুনজর থেকে। কিন্তু ইন্দু এর আসল রহস্য এখনও বুঝে উঠতে না পারলেও সে জানে আগের দুই বউ এই বড়মার সুনজরে ছিল না কখনোই। এই বাড়িতে সব যেনো কেমন ছন্নছাড়া, গোলমেলে। বাড়ির সব ভৃত্য ভয়ে ভয়ে থাকে। থাকার মধ্যে আছে তো তারা তিনজন আর সব ভৃত্য দাসী মিলিয়ে ১০জন অথচ তাদের দেখায় মেলেনা কখনো, আজব বাড়ি। তবে মাঝের মধ্যেই কেনো যেনো ওই ঘর দুটো ইন্দু কে ভীষণ ভাবে আকর্ষণ করে, কেউ যেনো পাশে পাশে ঘোরে ইন্দুর, ওই ঘর গুলো খোলার জন্য ইন্দু কে তারা যেনো মরিয়া করে তোলে। বলে যেনো ফিসফিস করে; 'খোলো খোলো আমাদের ইন্দু লেখা, মুক্তি দাও এই বদ্ধ ঘর থেকে। দোহায় তোমার,খুলে দাও বোন," কে এরা? আবার কখনো শোনে, কানের কাছে ফিসফিস শব্দ 'খুব সাবধান .. প্রতি ধাপে বিপদ" কেউ যেন দিন দিন ওই ঘর গুলো খোলার জন্য ইন্দু কে যেনো মরিয়া করে তুলছে। যত দিন যায় ততো

যেনো ইন্দু ওই ঘর গুলোর ভেতরের রহস্য জানার জন্য উদগ্রীব হয়ে পড়ে। রাতের মধ্যে স্বপ্ন দেখে তার দেখা দুটো মহিলা ওই ঘরে বন্দি তাঁরা ছটপট করছে বেরোনোর জন্য। তার অনেক প্রশ্ন উত্তর ওই ঘরগুলো। পরদিন ভোরবেলা নিত্যদিনের মত নেয়ে এসে কুল দেবীর পুজো সেরে তার খাস দাসী অন্নদা কে ডেকে ওই ঘরগুলোর কথা জানতে চাইলে অন্নদা দাসী হটাৎ চমকে ওঠে, ইন্দুকে বলে,নতুন বউরানী মা আপনি এসব থেকে দূরে থাকুন, আগেও আপনাকে বলেচি। বড়মার বারণ রয়েছে; কোনো দাস দাসী ওই ঘর পরিস্কার করে না ধারের কাছেও ঘেঁষে না। একবার এক নতুন দাসী ভুলক্রমে ওই ঘর পরিষ্কার করতে গেলে তার মৃত দেহ মেলে দরজার সামনে। কি বীভৎস সেই দৃশ্য। চোখ যেনো ঠিকরে বেরিয়ে আসছিল। হাত দু খানা দুমড়ে মুচড়ে একাকার। কোনো রক্ত পিচাশ যেনো এক নিঃশ্বাসে তার শরীরের সব রক্ত টুকু খেয়ে নিয়েছে। রক্ত বিহীন ফ্যাকাশে প্রাণহীন দেহ খানা পড়েছিল বেচারীর। সেই ঘটনার পর থেকে এই দুই দরজার ধারের কাছেও কেউ আসে না আর। ইন্দুর কেন যেনো মনে হয় ওই বড়মা আর পেছনে রয়েছে। আগের দুই বউরানী মা প্রাণ হারিয়েছেন। ওনাদের এই স্বপ্নের ঘরে হয়তো অতৃপ্ত আত্মার বাস, এখনো শান্তি পায়নি। আপনাকে আর হারাতে চাই নে নতুন বউরানী মা। অন্নদার এই করুন আর্তি ইন্দু কে এক মুহূর্তের জন্য দুর্বল করে ফেললেও তাকে যে জানতেই হবে কি রহস্য আছে? এই দুই ঘরের ভেতর! এই অন্নদা দাসী এই জমিদার বাড়ির একদম পুরনো,তার জন্ম এই বাড়িতেই তার মা ও এই বাড়ির খাস দাসী থাকার দরুন সেই ধীরে ধীরে হয়ে ওঠে খাস দাসী। অন্নদার এই কথা শুনে ইন্দু বিস্মিত হয়ে তার দিকে তাকাই! দেখে অন্নদার মুখখানি ভয়ে আমশি হয়ে গেছে। ইন্দু ধীরে ধীরে বুঝতে পারে আগের দুই মৃত্যুর এক গভীর রহস্য রয়েছে। যা সে ভেদ করেই ছাড়বে। সে এই জমিদার বাড়ির ওপর থাকা কালো ছায়া মুছে ফেলবে যে কোনো উপায়ে। কিন্তু এই রহস্য উন্মোচনের জন্য তার দরকার একজন বিশ্বস্ত সঙ্গী যা সে অন্নদাকে ছাড়া আর কাও কে ভাবতেই পারেনা। কারণ আরতি দি এই সব বিষয়ে কোন প্রকারেই মুখ খুলতে রাজী নন তার এক মাত্র সন্তানের ভবিষ্যতের কথা ভেবে। তাই তাকে জোর করাও যায় না,আর আছে অন্নদা দি। কারণ আরতি দি ছাড়া আর সেই একমাত্র তার শুভাকাঙ্ক্ষী এই বাড়িতে। ইন্দু ধীরে ধীরে রাতের সব ঘটনা খুলে বলে অন্নদা কে। অন্নদা সব শোনার পর আমতা আমতা করে রাজী হয়। কারণ সে চাইনে, বাকি বউরানী মা দের মত ইন্দুর সদ্য প্রস্‌ফুটিত প্রাণটাও অকালে ঝরে যাক। শুরু হয় রহস্য উন্মোচনের পালা।

রহস্য উন্মোচন

১৮৬৪ সাল, পৌষ মাস শুক্র বার, রহস্যের জাল প্রতি ধাপে যেনো পাতা। দিনের পর দিন মাসের পর মাস কাটে, ওদিকে জমিদার উন্মাদ হয়ে যায় সন্তান সুখের আশায়। সারাদিন ইন্দুর কথা মত কাজ হলেও রাতে তিনি যেনো এক হিংস্র বাঘ হয়ে ওঠে। কিন্ত সব জল যেনো ফুটো পাত্রে ঢালার মতো হয়ে পড়ে। ইন্দু লক্ষ্য করে, জমিদার প্রতাপ চন্দ্র দিন দিন আবার আগের রুপে ফিরে আসছেন। সেই উগ্র রূপ,চণ্ডাল মূর্তি অকারণে প্রজাদের ওপর রেগে যাচ্ছেন,প্রজাদের কোনো অসুবিধা তে তিনি যেনো কোনো কর্ণপাত করতেই চাননা,শুধু ইন্দুর কাছে তিনি শান্ত,সমস্ত তেজ যেনো ইন্দুর চোখের মায়ায় এক মুহুর্তে গলে জল হয়ে যায়। এই ভয়ঙ্কর রূপ দেখে ইন্দু বেশ ভীত। একদিকে প্রথম দুই স্ত্রীর মৃত্যুর রহস্য, অন্য দিকে নিজ স্বামীর এরম রুদ্র রূপ। রোজ রাতের এক ঘটনা ইন্দু যেনো ক্লান্ত হয়ে উঠেছে। এমনিই এক রাতের পর ইন্দু হতাশ হয়ে মায়ের মন্দিরে যেতে গিয়ে হটাৎ নজরে পড়ে বড়মা সেই কাকভোরে জঙ্গলের ভেতর দিয়ে হনহন করে হেঁটে যাচ্ছেন। ইন্দু পিছন থেকে ডেকে ওঠে, ‘ও বড়মা ও বড়মা এই সময় কোথায় যান”? চারিদিকে আঁধার ছেয়ে যে এখনো, বলে উচ্চ স্বরে ডাক দিলেও অপর দিক দিয়ে কোনো প্রত্যুত্তর আসে না। ইদানিং প্রজারা আসছে জমিদার প্রতাপ চন্দ্রের কাছে এক বিরাট সমস্যা নিয়ে,এখন রাতে রোজ নাকি কারো না কারো বাড়ি থেকে হয় গরু নয় ছাগল নয় মহিষ নয় বাড়ির বাচ্চা উধাও হয়ে যাচ্ছে। গ্রামে প্রায় আতঙ্ক পড়ে গেছে। ঠিক কিছু বছর আগের মতো। এ নিয়ে গ্রামে আবার সবাই ভয়ে কুঁকড়ে আছে। প্রতি রাতে কার ঘর থেকে কি যাবে এই ভেবে বিশেষ করে সদ্য জাত সন্তানের মারা। ইন্দু নায়েব মশাই কে জিজ্ঞেস করেন এমন কেনো হচ্ছে? নায়েব মশাই ভাবিত হয়ে বলেন, ‘কিছুই জানিনে মা সব ওই ওপর ওয়ালা জানেন।” এই বলে মাথায় হাত বোলাতে বোলাতে চলে যান।

পৌষ মাসের এই হাড় হিম করা ঠান্ডায় কাকভোরে উঠে বড়মার পিছু পিছু ইন্দু গায়ে শাল খানা ভালো করে জড়িয়ে বেরিয়ে পড়েছে অন্নদা কে নিয়ে পেছনের দরজা দিয়ে। হাতে এক ঝাড় লন্ঠন। কিছুদিন যাবত সে লক্ষ্য করছে, বড়মা রোজ কাকভোরে পেছনের দরজা দিয়ে বেরিয়ে যান হাতে

কিছু পুঁটুলি নিয়ে । বড়মার এই সন্দেহ জনক চলাফেরা ইন্দুর মোটেও ভালো লাগেনি । বিয়ের পর এই বাড়িতে এসে এক দিনও ইন্দু দেখেনি বড়মা কে ঠাকুর ঘরে যেতে বরং তিনি নিজের ঘরে সর্বদা দরজা বন্দ করে রাতে কিসব যজ্ঞ করেন অমাবস্যা ও পূর্ণিমা তিথিতে । এইসব সাত পাঁচ ভাবতে ভাবতে এগিয়ে চলেছে সে আর অন্নদা । এই আধো অন্ধকারে আধো আলোতে সামনে দ্রুত গতিতে এগোচ্ছেন বড়মা । সঙ্গে পদ পৃষ্ট হয়ে নেতিয়ে যাচ্ছে হিম ভেজা পাতা গুলো । এক যেনো মায়া রহস্যের খেলা । প্রায় ঘন্টা খানেক হাঁটার পর তারা সেই কামনা প্রিয়ার পিছু ধরে উপস্থিত হয় এক ভাঙ্গা পোড়া বাড়ির সামনে । কামনা প্রিয়া দ্রুত গতিতে ঢুকে পরে সেই বাড়ির ভেতর । বন্দ হয়ে যায় দরজা । অন্নদা চমকে উঠে! বলে একি নতুন বউ এতো জমিদার বাড়ির একদম পেছনের অংশ । তা বড় মা এই জঙ্গল পার করে বাড়ির পিছনে আস্তে গেলেন কেনো বাপু । বাড়ির ভেতর দিয়েও তো গুপ্ত রাস্তা আছে পিছনে যাওয়ার । শুনেছি, এই দিয়ে তো ঘরের ভিতরে ও যাওয়া যায় গো মা দের মুখে । আগের কর্তারা নাকি এমন ব্যবস্থা করেছিলেন, যদি কখনো কোন শত্রু আক্রমণ করে তাহলে এই পথ দিয়ে জঙ্গল দিয়ে পালাবার জন্যি গো । তা বড়মা এত ভোর বেলা এই পিছনের অংশ দিয়ে ভিতরে কেনো গেলেন? কিছুই যে বুঝছি নে গো নতুন বউ । ইন্দু কিছু একটা ভেবে অন্নদা কে জিজ্ঞেস করে, আচ্ছা অন্নদা দি একটু ভেবে দেখো আর কোন পথ আছে এর ভেতরে যাওয়ার? অন্নদা প্রথমে না বলেই হটাৎ কি যেনো ভেবে বলে, 'চল আমার সাথে" এই বলে একটা সরু রাস্তা দিয়ে কিছুটা এগিয়ে উত্তর পশ্চিম লাগোয়া এক দেওয়ালের সামনে এসে দাঁড়ায়, তারপর মাটিতে দুবার পা ঠুকতে দেওয়াল দু ফাঁক হয়ে যায় । এমন দৃশ্য দেখে ইন্দু অবাক! সে আর এক মুহূর্তও দেরি না করে ভেতরে যায়, অন্নদা ও সেই পথ ধরে এগোতে থাকে । অন্নদা বলে, 'এর বেশি কিছু জানিনে গো আমি ।" আমাদের সামনে এগোনো কি আর ঠিক হবে গো নতুন বউ? ভেতরে যে গুটগুটে অন্ধকার,ইন্দু হাতের ঝাড় লণ্ঠন টা একটু উস্কে পিছন ফিরে বলে, 'আগে চল দিকি ভেতরে একবার যখন এয়েছি তখন আসল রহস্য না জেনে ফিরবো নে আজ ।" অজ্ঞতা এগোতে থাকে দুজনে । চারিদিকে মাকড়সার জালে ঢাকা । হটাৎ পায়ের বুড়ো আঙ্গুলের পাশ দিয়ে একটা এঁকে বেঁকে কি যেনো সরে গেলো ইন্দুর, গা টা শিরশির করে ওঠে তার । ওমাগো বলে চিৎকার করতে গিয়ে নিজেকে সামলে নেই সে । কিছু সামনে এগোতেই হটাৎ পা ফসকে গড়াতে গড়াতে নীচে পড়ে যায় ইন্দু । খুব জোর ব্যথা লাগা সত্ত্বেও সে সব সহ্য করে টলমল পায়ে উঠে দাঁড়ায় । পিছনে অন্নদা ধীর পায়ে নীচে নেমেই বলে আগেই বলেছিলুম, ' ফিরে চল ফিরে চল, শুনলে নে আমার

কথা। নাও এবার ঠেলা বোঝো।" হটাৎ সামনের একটা ঘর থেকে অনেক গুলো যন্ত্রণা দায়ক ক্ষীণ আওয়াজ ভেসে আসে তাদের কানে। সেই উৎস ধরে সামনে এগোতেই একটা ঘরের সামনে এসে দেখে দরজা বন্ধ ভেতর থেকে। নীচের ফোকর থেকে একটা লাল আলো ঠিকরে বেরোচ্ছে। ভেতরে কি হচ্ছে কি করে বুঝবে তারা এই ভাবতে ভাবতে অন্নদা বলে নতুন বউ ওই দেখো একটা ভাঙা জানালা। ইন্দু পেছনের দিকের সেই ভাঙ্গা জানলার ফোঁকর দিয়ে উঁকি মারে ঘরের ভেতরে। এই নিকষ অন্ধকার কিছুই দেখা যায়না, ধীরে ধীরে অন্ধকারে আলোর দেখা মেলে। এই আলোতে ইন্দু সহ অন্নদা যা দেখে তাতে দুজনের ভিরমি খাওয়ার জো। সারি সারি সাজানো কচি কচি সদ্য জন্ম শিশুর মাথা,তাদের সামনে সাজানো প্রত্যেক মাটির পাত্রে লাল তাজা রক্ত। একদিকে এক কাপালিক, কে এই কাপালিক! কি অদ্ভুত চেহারা! কোথাও যেনো সে দেখেছে এনাকে প্রশ্ন জাগে ইন্দুর মনে? অন্য দিকে সদ্য রক্ত খাওয়া এক পিশাচিনী এরা তো দুজন তবে বড়মা কোথায়?....সবটা যেনো ঘোরের মধ্যে স্বপ্নের মত ঘটে চলেছে। একদিকে সেই পিশাচিনী এক এক করে সব পাত্রের রক্ত খেয়ে যেনো আরো সতেজ হয়ে ওঠে,গলা চিরে বেরিয়ে আসে অট্যহাসি। পাশের ঘর থেকে শোনা যায় এক শিশুর করুন কান্না। ইন্দুর ইচ্ছে হয় এক ছুটে গিয়ে তাকে এই পিশাচ পুরী থেকে বের করে আনতে কিন্তু কি করে তা সম্ভব এইসবের কাছে সে নিছক এক পিঁপড়ে। এইসব সাত পাঁচ ভাবতে ভাবতে সে দেখতে পাই সেই পিচাশ ধীরে ধীরে রূপ বদলাচ্ছে,সেই রূপ যে আর কারো নয় স্বয়ং সেই বড়মার এই দৃশ্য দেখে ইন্দু যেনো জ্ঞান হারানোর জো, অন্নদা ঠক ঠক করে কাঁপতে কাঁপতে কাঁপা কাঁপা ধীর স্বরে বলে এই বড়মার আসলে একজন পিশাচিনী ওমাগো এই পিশাচিনীর সাথে এতদিন যাবৎ বাস করচি আমরা, ওমাগো কি ভয়ানক গো নতুন বউরানী! এই বলে ইন্দুর মুখ পানে চাইতেই দেখে ইন্দুর মূর্ছা যেতে বসেছে। অন্নদা তাড়াতাড়ি ইন্দুর বাহু ধরে কানে কানে বলে, ‘চেতন থাকুন নতুন বউরানী মা," ইন্দু হতভম্বের মতো বলে, ‘ও অন্নদা দি আমি যা দেখেছি তুমিও কি তাই দেখছো?" অন্নদা চাপা স্বরে বলে, ‘হুমম.. বলে ইন্দুর হাত চেপে ধরে বলে চুপ চুপ আর কিচ্ছুটি বলো নে গো।" এইখানে আমাদের দেখে ফেললে আর নিস্তার নেই এই পিশাচের হাত থেকে। ওই কাপালিক কি বীভৎস,এই বলে ইন্দু কে দুই হাত দিয়ে ধরে দাঁড়িয়ে থাকে জানলার আড়ালে। ইন্দু নিজেকে সংযত করে আঁচল দিয়ে কপালে জমে থাকা ফোঁটা ফোঁটা ঘাম মুছে এই হাড় হিম করা শীতেও; অন্নদা কে আবার অবুঝের মতো বলে, ‘ও অন্নদা দি ওই বাচ্চা টিকে বাঁচাতে হবে"। অন্নদা ইন্দুর বাহু জুগল ধরে বলে ওঠে, ‘পাগল হলে নাকি,নিজেকে সংযত কোরো

। ওরা একবার জানলে এখানেই শেষ করে দেবে আমাদের।" জানলার ফাঁক দিয়ে আধো আলো তে দুজনে দেখতে পাই, সেই তান্ত্রিকের কথা মত যেটুকু বোঝা যায় ঘরের সেই ক্রন্দনরত শিশু কোনো সাধারণ শিশু নয়,দেবীর আশীর্বাদ প্রাপ্ত । তাই তার মুণ্ড ছেদন করা মানে নিজেদের অকাল মৃত্যু । একে তারা অন্য ভাবে কাজে লাগবে । এই শিশু আর কেউ নয় ছোট বউরাণী মার সুলক্ষণা এক বছরের শিশু কন্যা । জমিদার বাড়ির একমাত্র উত্তরসূরি । এই কথা শোনা মাত্র ইন্দুর সারা শরীর যেন ঠান্ডা হয়ে আসে, সে ভাবে এই সন্তানের জন্য তাঁর স্বামীর এত উন্মাদনা এতো আকাঙ্ক্ষা,আর এই সন্তানের থেকে এই বড়মা নামক পিশাচিনী তাকে সরিয়ে রেখেছে । এই ভাবতে ভাবতে ইন্দুর বুক যেনো কষ্টে ফেটে যায় । চোখ বেয়ে জল আসে । এদিকে ক্ষীণ শোনা যায় ওই পাষণ্ড কাপালিক বলে চলেছে, 'শোনো কামনা প্রিয়া এই শিশুকে তুমি ওই জমিদার ভিটে তে নিয়ে গিয়ে এই কন্যার সাত বছর অবধি পালন কর ।তবে কেউ যেনো ঘুণাক্ষরেও টের না পায় এই শিশু কন্যা ওই বাড়ির ই সন্তান । মাথায় রেখো ।" কথা গুলো মনযোগ সহকারে শুনে ওই পাষণ্ড কাপালিকের নির্দেশ মতো শুনে ওই পিশাচিনী কামনা প্রিয়া মাথা নেড়ে সম্মতি জানায় । ইন্দু কান পেতে আধো অস্পষ্ট শোনে কন্যাটির তার সাত বছর বয়সে এই কাপালিক নিজ হাতে তাকে মা কালীর সামনে যজ্ঞ সাধনার বলে বলী দেবে এই বলে কামনা প্রিয়া কে চলে যেতে বলে । কামনা প্রিয়া ওই ভন্ড কাপালিকের পায়ে প্রণাম করে সেই মুহূর্তে বিদায় জানাই । ইন্দুর ইচ্ছে হয় এই মুহূর্তে ওই কামনা প্রিয়ার গলা টিপে মেরে ফেলতে কিন্তু নিজেকে সংযত করে ইন্দু সব কিছু শুনে মনে মনে প্রতিজ্ঞা করে যে কোনো ভাবেই জমিদার বাবুর এই সন্তান কে সে এই ভাবে মরতে দেবে না । ওই পিশাচিনী কামনা প্রিয়া বেরোনোর আগেই তারা সেই স্থান ত্যাগ করে ঘরে ফিরে আসে । তারা দুজনেই প্রাণ প্রতিজ্ঞা করে কোনোভাবেই তারা যে ওই কামনা প্রিয়ার আসল রূপ জেনে ফেলেছে তা প্রকাশ করবে না,নিজেদের কার্য সিদ্ধি হওয়া অবধি ।

শুরু হয় ইন্দুর এগিয়ে চলার নতুন অধ্যায় । ফাল্গুন মাসের শুরু সবে, বসন্তের রঙ লেগেছে ধরিত্রীর বুকে । প্রায় কিছুদিন হয়ে গেছে শিশুটি এই বাড়িতে এসেছে তাতেই যেনো বাড়ির প্রাণ ফিরে গেছে বসন্তের মত । ইন্দু বড়মার থেকে তার দায়িত্ব গ্রহণ করে । প্রথমে বড়মা অনেক বাধা দিলেও শেষে নিজ স্বার্থে ইন্দুর কোলে বাচ্চাটিকে তুলে দেন,ইন্দু এই দুধের শিশুকে কোলে নিয়ে নাম দেন অন্নপূর্ণা জমিদার বাবুর সামনে । ওদিকে বড়মা

মনে মনে ভাবেন এই শিশুর এখন সাত বছর বয়স হতে ঢের দিন বাকি। এই সময় গুলো বরং অন্য শিশুদের জোগাড় করতে হবে। তাই আর সাত পাঁচ না ভেবে ইন্দুর কাছে তাকে দিয়ে দেন। এক গভীর মায়ায় ইন্দু মাতৃ স্নেহে বাচ্চাটিকে ধীরে ধীরে বড় করে তুলতে থাকে। দেখতে দেখতে কেটে যায় পাঁচ বছর। এখন তার কাছে ইন্দু মা আর প্রতাপচন্দ্র বাবা। ইন্দু ভাবতে থাকে কিভাবে সে এই জমিদার বাড়ি কে উদ্ধার করবে এই বড়মা রূপি এই পিশাচিনীর হাত থেকে। চর্চা করতে থাকে নানা রকম আধ্যাত্মিক পুঁথি সাথে কুলো দেবীর নিত্য সেবায়েত নিজ পিতার কাছে এই বিষয়ে সাহায্য চান। এই বিষয়ে তিনি কিছু জানেন কিনা। রাম চরণ বাবু মেয়েকে জানান আগামী সপ্তাহে তিনি শনিবার মায়ের সন্ধ্যা আরতির পর এই বিষয়ে সব খুলে বলবেন ইন্দু কে। বাবার মুখে এমন কথা শুনে ইন্দুর মনের ভেতর তোলপাড় করতে থাকে,বাবা কী এমন জানেন যা তিনি সময় ক্ষণ দেখে তাকে জানাতে চান। সব জানার জন্য মন আকুল হয়ে ওঠে ইন্দুর, রাতের ঘুম উড়ে যায় তার।

বিকেলের পড়ন্ত রোদ, ঝুল বারান্দায় বসে আরতি দি ইন্দুর চুল বাঁধতে বাঁধতে হটাৎ প্রথম জমিদার প্রতাপ চন্দ্রের দুই বউয়ের কথা বলতে থাকে নিজ মনেই। পূর্ণা আসার পর থেকেই আরতি তাকে দেখলেই বলে ছোটো বউ রানীর মুখ খানা যেনো কেটে বসানো, আহাগো আগের জম্মে হয়তো কেউ ছিল এই মেয়ে রাণীমার। পর পর যে দুটি ঘর তার একটা প্রথম স্ত্রীর, খুব ভালো দয়ালু মানুষ ছিলেন, কর্তা বাবুর কতোই না যত্ন আত্তি করতেন নিজ হাতে, ওতো বড় ঘরের মেয়ে হলে কি হবে নিজ হাতে নিত্ত দিন নিয়ম করে পঞ্চ পদ রাঁধতেন কর্তা বাবুর পছন্দ মতো। আমাদের প্রতি কি মায়া আহাগো ঠিক মত আমরা খেয়েছি কিনা গোয়ালে গাভী দুটো ঠিক মত খড় পেলো কিনা সব নিজ চোখে পরোক্ষ করতেন। আর সেই মানুষটির প্রতি ভগবানের এমন নির্মম পরিহাস যে, ছয় ছয় বার গর্ভবতী হয়ে ও মৃত শিশু জন্ম দেন এই দুঃখে তিনি উন্মাদ হয়ে ওই পুকুরে ডুবে মরেন। তবে একটি শিশুর ও মুখ আজ অব্দি কেও দেখতে পায়নি। শিশু জন্মানো মাত্র বড়মা এসে খবর দিতেন মৃত সন্তান। তারপর বড়মা সাথে তার দাসী বাচ্চাটিকে বাগানের পেছনে পুতে দিয়ে আসতো। দ্বিতীয় বউ ঘরে এলো সেও ছিল এক রাজকন্যে, প্রতিমার মত সরল মুখ। এক বছরের মাথায় তিনিও গর্ভবতী হলেন,সাধ হলো জাকজমক করে,কুল পুরোহিত সব লক্ষন দেখে বলেন স্বয়ং মা অন্নপূর্ণা আসছেন,যোগ ভীষণ ভালো,জমিদার যেনো প্রাণ ফিরে পেলো। কিন্তু আবার সেই জন্ম হওয়া মাত্র মৃত সংবাদ।

পরদিন পুকুরে ভেসে উঠলো ছোট বউরানী মার ফুলে ফেঁপে ওঠা লাশ। বন্দ হলো মন্দির, কুল পুরোহিতের কোনো কথা না শুনেই। এরপর থেকে এই বাড়িতে আসতে সকলে ভয় পেতো। শুরু হয় অভিশপ্ত বাড়ির গল্প। পরপর দুই রাণীমা র এইরকম মৃত্যু তাও জলে ডুবে জমিদার বাবুকে আরো পাথর করে দিল। আরতি দি সব শেষে বলে তবে এই বড়মা সব কিছুর শেষে জমিদার বাবুকে কি এক জরীবুটি এনে খাওয়ান পূর্ণিমা,অমাবস্যা তিথিতে ওনার মঙ্গলের জন্য। দেখতে দেখতে ছোট বউরানী মা র মৃত্যুর এক বছরের মাথায় জমিদার বাবু বড়মা কে না জানিয়েই বিবাহ করেন তোমাকে আবার। জানত নতুন বউ এই বলে; আরতি দি চারিপাশ টা ভালো ভাবে দেখে নিয়ে চাপা স্বরে বলেন, 'তার আগে তো কর্তা বাবু দিন রাত্তির পড়ে থাকতেন ওই বাইজি বাড়িতে।" খাওয়া ঘুম সব উবে গিয়েছিল তেনার, আহাগো তুমি এসে আবার সব ঠিক হল। ইন্দু ধীরে ধীরে সবটা জেনে নেন। সবটা কেমন যেনো ধোঁয়াশা হলেও স্পষ্ট হয়ে ওঠে ওর কাছে। হটাৎ অন্নপূর্ণা হাতে চিরুনি নিয়ে আসে ইন্দুর কাছে বলে ইন্দু মা আমাকে বিনুনি বেধে দাও তোমার মত। জমিদার বাবু ধীরে ধীরে ওকে নিজের কন্যা স্নেহে বড় করতে থাকেন। পিতার মতো আদর করে নিজের পাশে বসে খাওয়ান। অন্নপূর্ণা কে সু শিক্ষিত করার জন্য তিনি গৃহ শিক্ষক রেখেছেন এমনকি নিজে নিয়ম মত তার পড়াশোনার খোঁজ রাখেন,কোথাও যেনো একটা গভীর টান অনুভব করেন তীব্রভাবে। ইন্দু নিজ চোখে দেখতে পান পিতা ও সন্তানের রক্তের টান তার কত জোর। বড়মার এসব কিছুতেই সহ্য হয়না। হবেই বা কিভাবে তিনি যে মানুষ রুপে এক ভয়ঙ্কর পিশাচিনী। তিনি বারবার ইন্দুকে বলেন ওকে এত তোল্লাই দেওয়ার কিছু নেই। অন্যের শিশু দুদিন বাদে ওকে ওর বাবা-মার কাছে ফিরিয়ে দেব। ইন্দু তার কথায় কর্নপাত না করেই অন্নপূর্ণার চুলের দুই দিকে দুই বিনুনি করে দিয়ে উঠে পড়ে,কারণ আজ পূর্ণিমা আজ সে সকাল থেকেই বড়মার ওপর নজর রেখেছে। তিনি কি এমন জমিদার বাবু কে খাওয়ান।

আজ সে কিছুতেই ওই জরিবুটি জমিদার বাবুকে খেতে দেবে না। সন্ধ্যে নামার কিছু আগে থেকেই বড়মা নিজ ঘরে ঢুকে দোর আটকে বসেছেন নিজ কর্ম কান্ডের গুটি সাজাচ্ছে। আজ ইন্দু সেই ঘরে বড়মার এই কু কর্মের সাক্ষী থাকবে বলে আগে থেকেই ঢুকে বসে ছিল বড়মার ঘরে খাটের নীচে। ঘরে ঢুকতেই এক বিকট পচা গন্ধে গা গুলিয়ে উঠলো ইন্দুর। চারিদিকে যেনো অতৃপ্ত আত্মার নিঃশ্বাস ঘুরে বেড়াচ্ছে। তবুও

তাকে থাকতে হবে এ গন্ধ যেনো অনেক দিনের পচা জন্তু জানোয়ারের। ইন্দু জানে এই গন্ধের উৎস কি! ঘরে ঢুকেই দুয়ার আটকে দিলেন কামনা প্রিয়া। তারপর নিজ পোশাক বদলে মেঝেতে যজ্ঞের সামগ্রী পেতে তিনি তাঁর আলমারি সরাতেই দেখা গেল এক দরজা। এই সেই পিছনের প্রবেশ পথের দরজা। এক মন্ত্র বলে তিনি দরজা খুলতেই ভেতর থেকে শোনা গেল আর্তনাদ, কখনো বাঘের কখনো কুকুরের কখনো আবার মানুষের কখনো আবার পাখিদের। হঠাৎ ঐ নিকষ আঁধারের ভিতর হতে দুটো হলদে সবুজ বিন্দু ধীরে ধীরে এগিয়েই আসছে এদিকে। ধীরে ধীরে একটু একটু করে ঐ বিন্দু দুটি যত এগোচ্ছে, তত যেনো একটা ধোঁয়াটে কালো অবয়ব স্পষ্ট হয়ে উঠছে। ইন্দু অস্পষ্ট ওই আবছায়া তে দেখে ওই পিশাচিনী কামনা প্রিয়া এক এক করে একটি কুকুরের মাথা একটি ছাগলের মাথা একটি পাখির মাথা ও একটি শিয়ালের মাথা এবং সঙ্গে আনলেন সদ্যোজাত এক শিশুর মুণ্ড সেগুলো কে পরপর সাজিয়ে শুরু করলেন তার যজ্ঞ। প্রকাশ পেলো তার ভয়ঙ্করী রূপ,এ যেনো সাক্ষাৎ রক্ত পিচাশ। যার দু গাল দিয়ে বয়ে চলেছে তাজা রক্তের ধারা ... চোখ দুটো যেনো জ্বলন্ত আগুনের ভাটা! হাত পায়ের নখ ধীরে ধীরে বাড়তে লাগলো... যজ্ঞের আগুনে পিশাচিনী কামনা প্রিয়া আহুতি দিল প্রথমে শিয়ালের মাথা তারপর পাখির মাথা তারপর কুকুরের মাথা তারপর ছাগলের মাথা সর্বশেষে সেই সদ্যজাত শিশুর মাথা। দাউ দাউ করে জ্বলে উঠল আগুন ওই কামনা প্রিয়া আওড়াতে লাগলেন জোরে জোরে নিজ মন্ত্র।

'ওঁম কঙ্কালী মহাকালী
কেলি কলা ভ্যাঙ্গ স্বাহা"

দেখতে দেখতে সেই আগুনের ফুলকি থেকে বেরিয়ে আসলো এক ভয়ানক পাঁচটি মাথার সমাবেশে এক ভয়াবহ আকৃতির মস্তক এই তো সেই স্তম্ভ যা এই বাড়ির সামনের দরজায় জ্বলজ্বল করছে। এরা জীবন্ত প্রত্যেক পূর্ণিমা অমাবস্যায় এদের আহ্বান করা হয় এইভাবে? ইন্দু বুঝতে পারে গ্রামের লোকের পশু, সন্তানদের এই ভাবে নিখোঁজ হয়ে যাওয়ার আসল কারণ। ইন্দুর দুই চোখ বিস্ফারিত হয়ে যায়, হাত পা যেনো অবশ হয়ে আসে এই দৃশ্যে...ধীরে ধীরে অদ্ভুত অলৌকিক এক জীব এগিয়ে আসছে পিশাচিনীর দিকে। তার উষ্ণ নিঃশ্বাসে আগুনের ফুলকি ঝরছে চতুর্দিকে। তার ওই হলদেটে চোখ দুটো জ্বলজ্বল করছে, জিহ্বা দিয়ে ঝরে

পরছে নরকের জিঘাংসার লালা। ওই পিশাচিনী তাঁর মুখে তুলে দিচ্ছে এক এক করে ওই মুণ্ডহীন দেহ। কে এই দৈত্যাকারের প্রাণী টি! কি ভয়ঙ্কর রূপ এর উফ্! আহারে কত কত প্রাণকে এই ভাবে বন্দী করে অসৎ কাজে নিয়োগ করেছে নিজের কার্য সিদ্ধির জন্য এই পিশাচিনী। এদের আত্মা শান্তি কখনো পাবেনা না মুক্ত করলে। সমস্ত মুণ্ডহীন দেহ গুলো ভক্ষণ করে ওই দ্বৈত্য চারিদিক যেনো বিকট আওয়াজে ফেটে পড়ল। ঠিক পর মুহূর্তে পঞ্চ মাথা বিশেষ সেই কঙ্কালটি দাউ দাউ করে জ্বলতে জ্বলতে আগুন থেকে কি যেন এক ছাই বিশিষ্ট ছুড়ে দিলেন বড়মার দিকে এবং সাথে সাথে মিলিয়ে গেল সেই আগুনের সাথে। কঙ্কালটি আগুনের সাথে মেলানোর সাথে সাথেই সেই পিশাচিনী আবার মনুষ্য রূপ ধারণ করেই জ্ঞান হারিয়ে লুটিয়ে পড়ে মাটিতে। এই সুযোগে ইন্দু ঘর থেকে বেরিয়ে পড়ল ধীরে ধীরে।

ইন্দু বুঝে উঠতে পারছে না, কিভাবে এর সমাধান করবে সে, এই পিশাচিনী হাত থেকে কিভাবে তারা উদ্ধার পাবে। এই দিকে বাবা গত শনিবারের কথা বলে পুরো এক মাস হতে চলল কিছুতেই মুখ খুলছেন না এই বিষয়ে। কেমন যেনো এড়িয়ে এড়িয়ে চলে ইন্দু কে। এখন মন্দিরে পাশের ঘরের মোহন দাদা পূজা করতে আসেন। বাবা নাকি ভিন গাঁয়ে গিয়েছেন কোন এক বিশেষ কাজে। ইন্দু অভিমানের সুরে মনে মনে ভাবে আমার এই দুঃসময়ে বাবা অন্য কাজ নিলেন কীভাবে? বাবার কি হল কেনো এমন করছে এসব সাত পাঁচ ভাবতে ভাবতে সে কখন কুল দেবীর মন্দিরে প্রবেশ করেছে সে নিজেও জানেনা। সে অঝোরে কেঁদে চলেছে এবং মাকে বলে চলেছে মা কিভাবে পাব এর থেকে উদ্ধার? কি এর উপায় কিসে লুকিয়ে আছে এর সমাধান এইসব বলতে বলতে, হঠাৎ দেখতে পাই মায়ের মূর্তির পেছনে এক কুঠুরি! যেখান থেকে আলো যেন ঠিকরে আসছে। সে কিছু বুঝে ওঠার আগেই সেই আলো ঠিকরে এসে পড়ল তার গায়ের চারিধারে। ইন্দু এই আলোর ছটায় অবশ হয়ে পড়তে লাগলো ধীরে ধীরে.. সে বিভোর হয়ে পড়লো এক অজ্ঞাত মায়ার টানে। সে দেখলো ওই তীব্র আলোর রেখা ভেদ করে সে এক কুঠুরির দিকে এগিয়ে চলেছে ...হটাৎ সামনে বিশাল এক দরজা,সেই দরজায় হাত দিতেই কোচ কোচ শব্দে খুলে গেলো সেই বিশাল দরজা। আলোর ছটায় চারিদিক আলোকিত হয়ে উঠলো। সেই আলোয় উদ্ভিবিত হলেন স্বয়ং মা অন্নপূর্ণা ... এ তো আর কেউ নয় কন্যা রূপিনি তাঁর কোলের অন্নপূর্ণা সাক্ষাৎ মায়ের রূপে। ইন্দু এ কি দেখছে বুঝে ওঠার আগেই ইন্দু অনুভব করলো দুটো কচি কচি হাত

দুই হাত বাড়িয়ে ইন্দুর হাতে তুলে দিচ্ছে এক লাল সালুর কাপড়ে মোড়া পুঁথি। এটা হাতে নেওয়া মাত্রই হটাৎ তার জ্ঞান ফিরে আসে। সে মায়ের মূর্তির সামনে বসে আছে হাতে এক লাল সালুর কাপড়ে মোরা পুঁথি,হটাৎ বাইরে তাকিয়ে দেখে কমলা ও লালের আভা ছড়িয়ে সূর্য্য অস্তগামী যাওয়ার প্রস্তুতি নিচ্ছে। ইন্দু এক মুহুর্ত আর দেরি না করে ঝোপ জঙ্গল পেরিয়ে অন্দরমহলে প্রবেশ করে বড়মার চক্ষুর আড়ালে। ক্ষণে ক্ষণে কেটে গেছে আরো ২মাস, মা দুর্গা ফিরে গেছেন নিজ দেশে, অঘ্রায়ণ মাসের শুরু সবে,আজ পূর্ণিমা তাই দিনের আলো নিভে আকাশ জুড়ে পূর্ণিমার চাঁদ জ্বলজ্বল করছে, পাশে ধূর্বতারা মিটমিট করে তাকিয়ে ধরিত্রীর শোভা বাড়াচ্ছে। আজ বড়মা সকাল থেকেই দোর দিয়ে বসে আছে ইন্দু জানে তার কারণ। আর দেরি না করেই সে প্রবেশ করলো নিজ কক্ষে,অন্নদা সহ অন্নপূর্ণা কে নিয়ে। ঘরের দ্বার আটকে খুব সন্তর্পনে লাল সালু থেকে বের করলো সেই পুঁথি। অন্নপূর্ণা বলে উঠলো, 'এটা তো সেই বই যেটা সে স্বপ্নে দেখতো।" ইন্দু একটু চমকে উঠলো তারপর সেই পুঁথি খুলে দেখল কিছু ছবি আঁকা সাথে লেখা আছে...

'উত্তরে গেলে দেখা পাবে তাঁর
'গজানন" নামে পরিচিতি যার।
সে পথ ছাড়িয়া যাও দক্ষিণে,
'বটবৃক্ষ" মিলিবে সেখানে।
'বটবৃক্ষ" রূপ যাহার
সেখানে গিয়া পাইবে উদ্ধার।"

১,২,৩,৪,৫,৬

ইন্দুর কাছে এই সমস্ত বিষয় গোলোক ধাঁধার মত মনে হচ্ছে। সে মনে মনে মা অন্নপূর্ণা কে স্মরণ করে ভাবতে লাগলো কিভাবে সে এই সব থেকে আসল উত্তর খুঁজে পাবে। আদৌ কি এর মধ্যে তাদের এই অভিশপ্ত জমিদার ভিটে কে রক্ষা করার সংকেত লুকিয়ে আছে! এদিকে পূর্ণা এক দুই লেখা দেখে জোরে জোরে তার শেখা একে চন্দ্র দুয়ে পক্ষ তিনে নেত্র গড়গড়িয়ে বলে চললো হটাৎ পূর্নার এই পড়ার সাথে ইন্দুর মাথায় কিছু একটা খেলে যায়, সে মনে মনে ভাবতে লাগলো এই চন্দ্র পক্ষ সাথে এই সংকেত যোগ রয়েছে তবে রাত বাড়তে থাকায় সে পুঁথি টা যত্ন করে তার

গহনার বাক্সে লুকিয়ে রাখে এবং পূর্ণা ও অন্নদা দি কে এই বিষয়ে একদম আলোচনা করতে বারণ করে দিলো এবং অন্নদা দিকে পূর্ণা কে খাইয়ে ঘুম পাড়াতে বলল আজ, কারণ প্রতাপ চন্দ্র এখনো আসেনি । আর আজ আস্তে তার দেরি হবে তা ইন্দু খুব ভালোভাবেই জানে এই বলে পূর্ণা ও অন্নদা ঘর থেকে চলে গেলে ইন্দু প্রতাপ চন্দ্রের অপেক্ষা করতে থাকে । বিছানার এক পাশে কিছুটা গা এলিয়ে এই অপেক্ষারত অবস্থায় ইন্দুর তন্দ্রাচ্ছন্ন হয়ে পড়ে । হটাৎ কিছুর পড়ার শব্দে তার তন্দ্রা ভেঙে যায় । সে দেখে বাইরে কিছুর একটা ফিসফিস শব্দ ভেসে আসছে, জানলার ফাঁক দিয়ে ইন্দু দেখে চাঁদের আলোয় গোটা ঘর আজ সোনার মত আলোকিত হয়ে গেছে । তাড়াতাড়ি সে বিছানা ছেড়ে ধীরে ধীরে দরজা খুলে বাইরে এসে দেখে যেদিকে বড়মার ঘর সেদিক থেকে এই ফিসফাস শব্দ আসছে সে ধীর পায়ে এগোতে থাকে । দেওয়ালের আড়াল থেকে সে গলার আওয়াজ শুনে বোঝে, প্রতাপ চন্দ্র বড়মার ঘরে । সে সব বুঝতে পেরে ছুটে যায় ঘরে এবং বড়মা তার স্বামীর হাতে সেই কাগজে মোড়া জরিবুটি দেওয়ার আগেই সে সেটা নিয়ে বড়মা কে বলেন, 'ওনার এখনো রাতের খাওয়া হয়নি বড়মা,খাওয়া হলে আমি ওনাকে নিজে এটা খাইয়ে দেবো ।" এই ভাবে ইন্দুর ঘরে প্রবেশ করাতে বড়মা ভীষণ হতচকিত হয়ে হটাৎ রেগে যান এবং ইন্দু কে বলে, 'তুমি আমার আর আমার ছেলের মধ্যে দেওয়াল তুলচো! এতো দুঃসাহস তোমার আসে কোত্থেকে শুনি? এর ফল ভালো হবে নে নতুন বউ বলে রাখলুম ।" এই সমস্ত কর্মকাণ্ড দেখে প্রতাপ চন্দ্র ইন্দুর প্রতি একটু বিরক্ত নজরে তাকিয়ে সেই মুহূর্তে ঘর থেকে বেরিয়ে নিজের ঘরে চলে যান । ইন্দু কামনা প্রিয়ার সব কথা শুনেও মাথা ঠাণ্ডা রেখে প্রতাপ চন্দ্রের খাবার আনার ছুতোয় এক ছুটে ঘর থেকে চলে আসে । সে মনে মনে ভাবতে থাকে যত তাড়াতাড়ি সম্ভব এই সবের শেষ করতে হবে । তার আগে বন্দ ঘর দুটির খোলার ব্যবস্থা করা দরকার ।

দেখতে দেখতে দু সপ্তাহ কেটে গেলো, সময়ের সাথে সাথে তাল মিলিয়ে ইন্দু সূত্র জোড়ার কাজ করে চলেছে । সে রোজ ঠিক সন্ধেবেলায় মন্দির চত্বরে গিয়ে এক একটা ধাঁধার উত্তর খুঁজে বের করার চেষ্টা চালাচ্ছে, দেখতে দেখতে সময় এগোচ্ছে । সে মন্দিরে বসে বসে মায়ের দিকে তাকিয়ে ভাবতে লাগে, কাল তাকে অবশ্যই বন্ধ থাকা একটা ঘর খুলে ফেলতে হবে দেখতে হবে এই ঘরে আসল রহস্য কি! সেখান থেকে কি সে আদৌ কোনো এই অভিশাপের থেকে বেরিয়ে আসার দিক খুঁজে পাবে এইসব ভেবে ইন্দু ফিরে আসে নিজ ঘরে এবং অন্নদা কে ডেকে পাঠায় ।

ইন্দু অন্নদা কে বলে, ‘কাল ভোর ভোর উঠে ওই বন্ধ থাকা দুটি ঘর খুলে ফেলতে হবে।” এই বলে অন্নদা কে পূর্ণার খাবার ব্যবস্থা করতে বলে নিজে কলঘরে গা ধুতে চলে যায় যা ইন্দু র নিত্যদিনের অভ্যেস। ওদিকে বড়মা ইন্দুকে এরকম যখন তখন মন্দির চত্বরে দিকে যেতে দেখে মনে মনে একটু সন্দেহ প্রকাশ করেন। তাই তিনি ইন্দুকে একটু চোখে চোখে রাখতে শুরু করেন কারণ তারও সময় তো এগিয়ে আসছে, দেখতে দেখতে অন্নপূর্ণার বয়স সাড়ে ছয়ে পা দিল। তার তো আর বেশিদিন নেই সেই মূল কার্যকলাপের। দিন ঘনিয়ে এসেছে তাই বড়মা ভাবে এই সময় কোন ভাবেই কোন ব্যাঘাত ঘটানো যাবে না কাজে। আর কেউ যেন তার এই কার্যকলাপ কোনভাবেই জানতে না পারে। পরদিন ছিল শুক্রবার, ইন্দু খুব ভোর ভোর উঠে পড়েছে, সঙ্গে অন্নদা বন্ধ ঘরের চাবি হাতে দাঁড়িয়ে রয়েছে। ঘুম থেকে কেউ ওঠার আগেই তারা সেই ঘর খুলে ফেলতে চায়। যদি কেউ জানতে চাই কেন এই ঘর খোলা হয়েছে তাহলে ইন্দু বলবে এই ঘর অনেকদিন বন্ধ রয়েছে। তাই ঘর দুটো পড়ে পড়ে নষ্ট হচ্ছে তাই ইন্দু ঘর দুটোকে পরিষ্কার করতে চাই আর বেশি দেরি না করে ভয় মিশ্রিত মনে প্রথম ঘর খুলে ফেলে, এ প্রতাপের বড় বউ এর ঘর। ইন্দু মনে মনে ভাবে কত আশা নিয়ে সে এসেছিল এই ঘরে আর এই ঘর তাকে দিল নিষ্ঠুর মৃত্যু। ঘর খুলতেই একটা যেন দমকা হাওয়া বাতাসের সাথে বেরিয়ে যায়। কেউ যেনো আজও কাঁদে এই ঘরে বসে। জোর করে যেনো কারো মুক্তির পথ আটকে রাখা হয়েছে। রোজ কেউ দম বন্ধ হয়ে এই ঘরে ঘুরে ঘুরে বেড়াই। মুক্তি চাই সে। প্রতি ঘরে এই একি শব্দ গমগম করছে। ইন্দুর কান ঝালাপালা হয়ে যায় আওয়াজে। সে তাড়াতাড়ি প্রথম ঘর থেকে বেরিয়ে এসে হাঁফ ছেরে যেনো বাঁচে। দরজা আটকাটে গিয়ে ইন্দুর কেনো যেনো মনে হয় কেউ বলছে, ‘আমাকে মুক্তি দাও এই বদ্ধ ঘর থেকে, মুক্তি দাও, আর পারছি নে এই যন্ত্রণা নিতে গো, দোহাই তোমাদের।” ইন্দুর বুকটা কষ্টে ফেটে যায়। দ্বিতীয় ঘর খুলতেই ভেসে আসে মিষ্টি জুঁই ফুলের গন্ধ। অন্নদা দি বলে ওঠে, ‘ওমাগো মা এখনো সেই ফুলের গন্ধ ছড়াচ্ছে ঘরময়।” এই ফুল আমাদের বউরাণী মা-র খুব পছন্দের ছিল। রোজ এক রুপোর ফুল সাজিতে নিজের ঘরে জলের মধ্যে সুন্দর ভাবে এই ফুল সাজিয়ে রাখতেন তিনি। গোটা ঘর ঝুলে ঝুলে ভরে রয়েছে, একটা গুমোট গন্ধে গোটা ঘর ম ম করছে। ইন্দু ও অন্নদা ভয়ে ভয়ে একটু একটু করে ঘরের ভেতরে ঢুকতে থাকে হঠাৎ যেন পেছন দিকে খুব জোরে কিছু আটকানোর একটা শব্দ শোনা গেল। মনে হলো বাইরে থেকে কেউ দরজাটা বন্ধ করে দিয়েছে। এই দেখে ইন্দু অন্নদা ঘাবড়ে গিয়ে পিছন ফিরে তাকাতেই দেখে ছোট্ট পূর্ণা মিটি মিটি হাসছে, কখন যে সে তাদের পেছনে এসে দাঁড়িয়েছে

ইন্দু ও অন্নদা সেটা টেরই পায়নি। ইন্দু এগিয়ে গিয়ে পূর্ণা কে বলে, 'মা তুই এত তাড়াতাড়ি উঠে গেলি যে? ভয় করছিল বুঝি।" ইন্দুর এই প্রশ্ন শুনে পূর্ণা বলে, 'সে স্বপ্নে দেখছে যে ইন্দু তার মায়ের ঘরের দরজা খুলছে।" এই কথা শুনে ইন্দু যেন হতভম্ব হয়ে পড়ে এবং মনে মনে ভাবে এ ঘর তো সত্যিই পূর্ণার মায়ের, পূর্ণা এও বলে তার মা আজও এই ঘরেই একা একা বাস করে কিন্তু এসব কথা শুনে কিছুটা অবাক হলেও সে ভাবতে থাকে হয়তো এর মধ্যেই কোন রহস্য লুকিয়ে আছে। এই ভেবে সে ঘরের চারপাশে হ্যারিকেনের আলো নিয়ে ঝুল সরিয়ে দেখতে থাকে। আলমারির পাশে এক আবছা কারো যেনো ছায়া দেখে ইন্দু বলে, 'কে গো ওখানে?" হটাৎ দেখে এক অতিব সুন্দরী নারী করুণ মুখে বলে, 'আমায় মুক্তি দাও গো বোন এই ঘর পৃথিবীর মায়া থেকে। আর পারছি নে যে আমি আর পারছি নে..এই বলেই মিলিয়ে যায় ঘরের দেওয়ালে..." ইন্দু বোঝে এর আর কেউ নয় এই বাড়ির জমিদার প্রতাপ চন্দ্রের দ্বিতীয় বউ। এই একি ঘটনা প্রথম ঘরেও ঘটে তার সাথে। হঠাৎ পূর্নার নজরে পড়ে ঘরে থাকা আলমারি বেশ পরিষ্কার কোন ঝুল নেই গায়ে, মনে হয় রোজ যেন কেউ এই আলমারি খোলে এর সাথে সাথে ইন্দু লক্ষ্য করে খাটের বিছানা ও বেশ পরিষ্কার, যেন রোজ কেও এই বিছানায় শোয়। ধবধবে সাদা চাদর পাতা এসব দেখে ইন্দুর কেমন যেন ভয় করতে থাকে। সে ধীরে ধীরে আলমারির কাছে গিয়ে আলমারি খুলতে যাওয়ার ঠিক আগেই দেখে কেউ যেন আলমারিটা ধরে আটকে আছে, শত চেষ্টা করেও আলমারিটা খুলতে পারেনা সে। পূর্ণা তার পাকা পাকা কথা বলতে বলতে এগিয়ে আসে এবং বলে,'ছলো তো আমি দেখি" এই বলে সে আলমারি টানতেই আলমারি টা খুলে যায় ক্যাঁচ ক্যাঁচ আওয়াজে, আলমারির ভেতর টা শুধু শাড়িতে ভর্তি, প্রতিটা শাড়ি যেনো রোজ কেউ পাটে পাটে সাজিয়ে রাখে, অন্নদা আঁচল দিয়ে চোখ মুছতে মুছতে বলে, 'জানো নতুন বউ এই সব তোমার আগের ছোটো বউরাণী মা র শাড়ি, তিনি রোজ এককান করে নতুন শাড়ি ভাঙতেন। আহা কি সুন্দর লাগতো প্রতিমার মতো করে সেজে থাকতেন গো। গা দিয়ে কি সুন্দর সুগন্ধি আসতো।" অন্নদার এরম আবেগপূর্ণ কথায় ইন্দু বেদনা দায়ক দৃষ্টিতে অন্নদার দিকে তাকিয়ে আবার খুজতে শুরু করে, গতকাল রাত্রে তাকে কেউ যেনো জোর করে এই ঘর খুলতে বাধ্য করেছে, আর আজ সেই কোন এক অবাধ আকর্ষণে ইন্দু এই ঘরের দোর খোলে সবার আড়ালে। ইন্দু সেই শাড়ির ভেতর হাত দিতেই কিছু একটা শক্ত মতো বাক্স তার হাতে ঠেকলো, সেটা সে বার করতেই তার সাথে বেরিয়ে আসে একটা চিঠি; চিঠিতে বড়ো বড় করে লেখা....

১৮৬০, ৭ই মাঘ "আমার সাত মানিকের ধন রাজকন্যে তোর আসার অপেক্ষায় এক একটা দিন যেনো আর কাটতে চাই নে, তোকে নিয়ে যে অনেক স্বপ্ন দেখে বসে আছি, পৌষ মাসের শেষ, মাঘের শুরু শীত পড়ছে বেশ জাকিয়ে আর কিছুদিনের অপেক্ষা তারপর ই তোর আগমন ঘটবে এই রাজপ্রাসাদে। তোকে দেখার জন্য তোর পিতা ব্যাকুল হয়ে পথ চেয়ে বসে আছে কত মনি মানিক্য সাজিয়ে নিয়ে। তুই হবি তার সাত রাজার ধন ; কিন্তু কোনো এক অজানা ভয় যেনো আমাকে ঘিরে ধরেছে। যত তোর আসার দিন এগিয়ে আসছে তত কোনো এক অশুভ শক্তির সাথে আমার লড়াই শুরু হয়েছে। তবে তুই পৃথিবীর আলো দেখবি আমার জীবন দিয়ে হলেও, তোকে এই পৃথিবীর আলোর মাঝে নিয়ে আসবো মানিক আমার। জানি তুই সব শুনতে পাচ্ছিস, এই আলমারি জুড়ে তোর সব স্মৃতি গুছিয়ে রেখে যাবো। যদি তোর জন্মের পর আমি আর না থাকি তখন এই চিঠি গুলো পড়বি তোর মায়ের....."

ইতি তোর জন্মদাত্রী মা,

চিঠিতে লেখা কথা গুলো পড়তে পড়তে ইন্দুর চোখ জলে ভরে উঠলো, গড়িয়ে পড়ল নয়নের কোন বেয়ে দু'ফোঁটা মমতা ধারা। ভোর প্রায় হয়ে এসেছে, এই বাক্স নিয়ে ইন্দু নিজ ঘরে যাবে কারণ বড়মা যে কোনো সময় এ ঘরের দরজা খোলা দেখে সন্দেহ করতে পারেন। তাই তাড়াতাড়ি অন্নদা দি ও পূর্ণা কে নিয়ে ঘরের দ্বার লাগিয়ে নিজ কক্ষে ফিরে আসে। আর আরতি দি কে বলে, 'তুমি একটু নজর রেখো।" ফিরে এসে দেখে প্রতাপচন্দ্র শিশুর মতো বিছানার এক কোণে গভীর ঘুমে এখনো আচ্ছন্ন। ইন্দু মনে মনে ছক কষে ফেলে আজ স্নান সেরে এসে মন্দিরে এই বাক্স নিয়ে যাবে, সেখানে গিয়ে বাকি চিঠি দুটো পড়ে দেখবে যদি কিছু লেখা থাকে। এই ভেবে তাড়াতাড়ি স্নান সেরে পূর্ণা কে খাবার খাইয়ে তার সাথেই নিয়ে যায় মন্দিরে, এখন এক মুহূর্তও সে পূর্ণা কে হাতছাড়া করতে রাজি নয়। কারণ সামনেই কৌশিকী অমাবস্যা বড়মা যেনো ওত পেতে আছেন পূর্ণার নাগাল পেতে। মন্দিরে যাওয়ার পথে কিছুদূর এগোতেই ইন্দু যেনো হতচকিত হয়ে পড়ে! মাঝ পথে স্বয়ং বড়মা দাড়িয়ে! কিছুক্ষণ চুপ থাকার পর বড়মা কামনা প্রিয়া এক পৈশাচিক হাসি হেসে বলে, 'বলি কি আক্কেল তোমার নতুন বউ এই বাচ্চাটিকে নিজের কোল ছাড়া করতেই চাইছ না যে বড়, দেখো কাদের নিয়ে এয়েচি।" ইন্দু সামনে তাকিয়ে দেখে এক আট পৌরে শাড়ি পরা মেয়ে মানুষ আর সাথে একটি মোটা মত লোক দাঁড়িয়ে; হটাৎ পূর্ণা কে দেখে দুজনে বলে ওঠে, 'এইতো আমাদের মেয়ে, আয় মা কাছে আয়," ইন্দু বুজতেই পারে, এ সবই বড়মার পূর্ব সাজানো। পূর্ণা

ওদের দেখে ভয়ে গুটিয়ে ধীরে ধীরে ইন্দু লেখার আঁচলের তলায় নিজেকে আড়াল করতে গেলে ওই অপরিচিত মহিলাটি পূর্নার হাত ধরে বলে, ‘চল বলছি আমাদের সাথে ।” তোর ফারা ছিল বলে এই বড়মার কাছে তোকে দান করেছিলুম। এখন তোর ছয় বছর সাড়ে সাত মাস বয়স। ফারা কেটে গেছে এবার নিজের ঘরে ফিরে চল, ইন্দুর দিকে তাকিয়ে মেয়ে মানুষটি হাত জোড় করে কাতর স্বরে বলে, ‘নতুন বউরানী মা ওকে এবার আমরা নিয়ে যেতে চাই, আপনি অনুমতি দিন ।” ইন্দু কিছু সময় চুপ থেকে বলে, ‘নিশ্চয় নিয়ে যাবে তবে ও আর কিছুদিন এখানে থাকবে এ তোমাদের জমিদার বাবুর নির্দেশ ।” এই শুনে বড়মার চোখ যেনো হিংস্র হায়নার মত রাগে ফেটে পড়তে থাকে । তিনি প্রায় চেঁচিয়ে বলে উঠলেন, ‘এ কেমন বিচার তোমাদের বাপু লোকের কোলের ধনকে এইভাবে কেউ আটকে রাখে?” আমি প্রতাপের সাথে কথা বলে নেবো তুমি ওকে ওর বাপ মার সাথে যেতে দাও দিকি। ইন্দু হটাৎ বেশ গম্ভীর স্বরে জোর দিয়ে বলে ওঠে, ‘না বড়মা ও এখানেই থাকবে, প্রয়োজনে ওর বাপ মা ওর সাথে কিছুদিন এখনে থেকে যাক, কিন্তু ও ওর সময় মতোই ওদের সাথে যাবে ।” এ দিকে ইন্দু ভাবতে থাকে, বেলা পেরিয়ে যাচ্ছে তাকে এখনো অনেক সংকেত খুঁজে বার করতে হবে। সে তাই এক মুহুর্ত আর দেরী না করে পুর্নার হাত ধরে প্রায় এক প্রকার টানতে টানতে মন্দির চত্বরে ঢুকে পড়ে । কুঠুরির ভেতরে ঢুকে দোর লাগিয়ে দেয়। কিছুক্ষনের জন্য ইন্দু হতাশ হয়ে মায়ের কাছে অঝোরে কেঁদে ফেলে, এই কান্না দেখে পূর্ণা বলে, ‘কি হচ্ছে তোল মা তুই বাচ্চাদের মত কাচ্ছিস কেনো লে?” ইন্দু পূর্নাকে জড়িয়ে ধরে বলতে থাকে, ‘আমি তোর এক বিন্দুও ক্ষতি হতে দেব নে ।” এই বলে আবার সেই বাক্সটা খুলে দ্বিতীয় চিঠি খুলে পড়তে থাকে ইন্দু লেখা । এই চিঠিতেই ইন্দু জানতে পারে তার স্বামীর দ্বিতীয় স্ত্রীর মৃত্যুর কথা...

শ্রীচরণেষু স্বামী

১৮৬১, ৪ঠা বৈশাখ ; আমার বিদায় বেলা ঘনিয়ে এয়েচে কর্তা বাবু, তার আগে তোমায় কিছু কথা জানা তে চাই ১৮৬০, ২৪ ই মাঘ জন্ম মুহূর্তেই আমার সন্তান হয়তো আমার বুক খালি করে গেছে, কিন্তু আমার বিশ্বাস জানিনা কেনো সে আজও বেঁচে আছে, বড়মা তোমাদের সকলকে মিথ্যে বলেচেন। আমি নিজ কানে শুনেছিলুম সে কথা, এমনকি বড় দিদির সন্তান দের ও মৃত্যু ওই বড়মার হাতে। আমার কেন যেন মনে হয় উনি বিশেষ কোন ক্ষমতা প্রয়োগ করে নিজের কার্য সিদ্ধির জন্য। আমার সন্তান যেখানেই থাকুক তার বিপদ আসার আগে আমাকে একবার স্মরণ করো, আমি তাকে রক্ষা করতে ফিরে আসবো। ওই ছদ্মবেশী কামনা প্রিয়ার আসল রূপ আমি জেনে গেছি। তাই আজ রাত টুকুই আমার শেষ। কাল ভোরের আলো হয়তো আমার এই দুই নয়ন দেখতে পাবে নে। বড় দিদি কেও বড়মা নিজ হাতে দুমড়ে মুচড়ে মেরেছিলেন। আমার ও হয়তো সেই একই পরিণতি লেখা আছে। আজ তুমি আমার ওপর অভিমান করে এ ঘরে হয়তো আসবে নে, কিন্তু এই চিঠি পড়া তোমার জন্য খুব দরকার। তোমার একমাত্র নয়নের মনি আজ ওই পিশাচিনী বড়মার কবলে, তাকে উদ্ধার করে নিয়ে এসো। এই বড়মা কোনো সাধারণ নারী নয়, উনি একজন ভয়ানক পিশাচ। উনার বিনাশ লেখা আছে তোমার তৃতীয় স্ত্রীর হাতেই।

ইতি তোমার,

প্রিয়তমা কুমু...

ইন্দু বুঝতে পারে সামনের মাসের অমাবস্যাতেই ওই বড়মা তার কার্য সিধ্যি করার চেষ্টা করবেন, আর বেশীদিন নেই। একদিকে ইন্দু সংকেত অনুযায়ী এক এক করে জিনিস জোগাড় করতে থাকে। সে ভাবতে থাকে কে এই বড়মা তার এমন উদ্দেশ্য কেনো এই ভিটের প্রতি? হটাৎ এক সকালে ইন্দু অসুস্থ হয়ে পড়ে কবিরাজ এসে দেখে যান, জমিদার ভীষণ চিন্তিত হয়ে কবিরাজ কে বলেন ইন্দুর কি হয়েছে?কবিরাজ মশাই জানান বংশে অনেক বছর পর আবার সুখবর আস্তে চলেছে,এই শুনে জমিদার প্রতাপ চন্দ্রের খুশির বাঁধ ভেঙে পড়ে। এতদিন ধরে তিনি যার অপেক্ষায় আছেন সেই শুভক্ষণ অবশেষে আজ এসেছে। না না ইন্দুর কোন ত্রুটি সে হতে দেবেন না। তিনি অত্যন্ত আন্দরের সাথে ইন্দু কে জড়িয়ে ধরে অঝোরে

কাঁদতে থাকেন । এমন রূপ ইন্দু কখনো দেখেনি,যিনি এত রাগী কঠিন আজ সেই মানুষ এই অবুঝ শিশুর মতো অতি আনন্দে অশ্রু বিসর্জন করছে । ইন্দু মা হওয়ার আনন্দের চেয়েও এই খবরে ভীত হয় আরো বেশী,বড়মা এই খবর জানতে পারে তার খাস গুপ্ত দাসী লতার মাধ্যমে,তিনি মনে মনে কল্পনা করতে থাকেন সেই সন্তানের রক্ত পানের মুহুর্ত । ইন্দু ভাবতে থাকে কিভাবে বড়মার থেকে এই খবর গোপন রাখা যায় । ওদিকে তার অন্তরালে যে বড়মা আর এক খেলা সাজিয়ে রেখেছে তার টের ইন্দুর পক্ষে জানা অসম্ভব । পরদিন ভোর ভোর ইন্দু বেরিয়ে পড়ে মন্দির প্রাঙ্গণের দিকে । মন্দিরে গিয়ে ইন্দু আগে তার হাতে পাওয়া সংকেত গুলো পর পর সাজিয়ে এক এক করে জিনিস গুলো জোগাড় করতে থাকে ওদিকে অন্নদা এসে গেছে সাথে পূর্ণা । তার হাতে অনেক গুলো শিউলি ফুল সে মা অন্নপূর্ণার জন্য নিয়ে এসেছে । ইন্দু সেই জরাজীর্ণ পুঁথি খুলে বসে কারো যেনো অপেক্ষা করতে থাকে, হটাৎ পেছন দিক থেকে এক অতি স্নেহ ময় কণ্ঠ ভেসে আসে মা ইন্দু..ইন্দু চকিত হয়ে পেছন ফিরে দেখে তার পিতা হাজির হয়েছেন । তিনি পেছন থেকে ডেকে বললেন, ‘মা ইন্দু আমি এয়েচি মা তোর কোনো ভয় নেই, ইন্দু অভিমানের সুরে বলে, ‘এত দিন বাদে তোমার এই অভাগী মেয়ের কথা মনে পড়ল।” রাম চরণ বাবু বলেন রাগ করিস নে মা, আমি সব ভেবেই এই সময় এ্য়েচি । আজ তোকে অনেক কথা খুলে বলার আছে । আমি গিয়েছিলাম আমাদের আশ্রমে আমাদের দক্ষি নারায়ণ বাবার সাথে দেখা করতে । এই জমিদার বংশের গুরু বাবা ইনি । তুই যা জানতে চাস সেই প্রসঙ্গে মা । রাগ করে আর থাকিস নে মা তোর এই অভাগা বাবার প্রতি ।

শোন তবে, তোর এতো অল্প বয়সে ওই সকলের চোখে অত্যাচারী প্রতাপ চন্দ্রের মত একজন কে তোর সারা জীবনের সঙ্গী হিসেবে বেছে নেওয়া । আমার এই বাড়ির পুরোহিত পদ থেকে সরে আসা সব কিছুর পেছনে লুকিয়ে থাকা নিগুর রহস্য একে একে সব জানার সময় এয়েচে মা তোর । জানিস এই জমিদার বাড়ির প্রত্যেক ধাপে ধাপে আমার অতীতের কত স্মৃতি জড়িয়ে আছে, সেই ছোটো বয়সে তোর ঠাকুরমা মারা যাওয়ায় পর তোর ঠাকুর দাদা আমাকে কোলে করে গিন্নীমার কাছে নিয়ে এয়েছিলেন । তখন আমার সবে চার কি পাঁচ বছর বয়স । সেইদিন থেকে গিন্নীমা আমাকে নিজ সন্তানের চেয়ে কম কিছু দেখেননি,ধীরে ধীরে তোর ঠাকুর দাদার পর আমি হয়ে উঠলাম এই বাড়ির কুলো পুরোহিত,বাড়ির অন্নপূর্ণা মায়ের নিত্ত সেবা করতাম, এরও এক ইতিহাস রয়েছে । মায়ের আশীর্বাদে

এই বাড়িতে কোনো কালো ছায়া প্রবেশ করতে পারতো না,আমার যখন সবে ৬ বছর বয়স, ঠিক তখন গিন্নীমার কোল আলো করে জন্ম নেন কর্তা বাবুর এক মাত্র পুত্র সন্তান প্রতাপ চন্দ্র,ঠিক তার কয়েক মাস আগেই সেই বাড়িতে প্রবেশ করেন এক সদ্য বিধবা মহিলা যিনি ছিলেন জমিদার বাবুর দুর সম্পর্কের এক আত্মীয়, তবে পরে জানতে পারি ইনি আর কেউ নন বাইজি কামনা প্রিয়া, জমিদার বাবুর আরেক যমজ ভাইয়ের স্ত্রী, কে এই জমজ ভাই! সেই কথায় আজ তোকে শোনাবো, সাথে গুরু বাবার বলা পূর্ব ইতিহাস যার অনেক কিছুই আমি জানতুম নে। এরও এক অতীত রয়েছে। সেই সময় অনেকেই এই জমিদার ভিটেই আশ্রয় নিতেন, তারপর এই ভিটে হয়ে উঠত তাদের বরাবরের ঠিকানা। ঠিক সেই রকম ভাবেই এই কামনা প্রিয়া বাড়িতে প্রবেশ করলেও কোনো এক মন্ত্র যাদুর বলে কামনা প্রিয়া জমিদার গিন্নীর অন্দর মহলে এক বিরাট আধিপত্য বিস্তার করে ফেলেন, ধীরে ধীরে হয়ে ওঠেন সকলের বড়মা। কিন্তু গিন্নীমা মোটেও এই কামনা প্রিয়া কে মনে মনে ঠিক মেনে নিতে পারেননি। দেখতে দেখতে গিন্নীমার সেই প্রসবের সময় এসে পড়ে কিন্তু ধীরে ধীরে যত দিন এগিয়ে আসতে থাকে গিন্নীমার শরীর কেমন যেনো শুকনো মাছের মতো হয়ে যেতে থাকে, গিন্নীমা একে বারে শয্যাশায়ী হয়ে পড়েন,কত কবিরাজ এসেও আসল রোগ ধরতে পারেননি,কিন্তু আশ্চর্যের বিষয় গর্ভরত শিশুর কোনো সমস্যা দেখা যায়না। হটাৎ এক রাতে গিন্নীমার প্রসব যন্ত্রণা উঠে,এক দিকে ভীষণ ঝর বৃষ্টি, প্রতাপের ভূমিষ্ঠ মুহূর্তে সমস্ত কালো শক্তি যেনো অধীর অপেক্ষায় বসে ছিল তারই ইঙ্গিত এই ঝড় বৃষ্টি। অনবরত বিদ্যুৎ চমকানি। কিছু বাদেই দাই মা এসে খবর দেয় ফুটফুটে পুত্র সন্তান ঘর আলো করে এসেছে,কিন্তু কর্তা মার অবস্থা খুব একটা ভালো নয়। তিনি রাম চরণ কে নিজ কক্ষে ডেকে পাঠিয়েছেন। অন্যদিকে সেই কামনা প্রিয়া কোন কাকভোরে উঠে স্নান সেরে কোথা থেকে এক তান্ত্রিক ডেকে এনে অন্দর মহলে যজ্ঞ শুরু করেছেন, কে এই তান্ত্রিক! কি তাঁর পরিচয়! তার সবই কর্তবাবুর অজ্ঞাত, কামনা প্রিয়াকে নাকি এই তান্ত্রিক জানিয়েছেন সদ্যজাত জমিদার পুত্রের মৃত্যু যোগ আছে সাত মাস বয়সে, এর জন্য এক যজ্ঞ করতে হবে। তাই এই বড়মা এই তান্ত্রিক কে সঙ্গে নিয়ে এয়েছেন। আর এই কালো যজ্ঞ ই হয়ে উঠলো এই বাড়ির কাল। কিন্তু তোর ঠাকুর দাদা বারংবার বারণ করেন, কারণ তিনি নিজেই কুষ্ঠী বিচার করে দেখেছেন প্রতাপের কোন মৃত্যু ভয় নেই এই সময়ে। তার নয় বছর বয়সে এক ফারা আছে তার জন্য তিনি নিজে সব ব্যবস্থা করে রেখেছেন মা অন্নপূর্ণার নির্দেশ মত,সে স্বয়ং ঈশ্বরের আশীর্বাদ প্রাপ্ত। কিন্তু সবার অলক্ষে এই কামনা প্রিয়া নামক পিশাচিনী জমিদার বাবু কে গিন্নীমার

শরীরের অজুহাত দিয়ে সে এই যজ্ঞ করার অনুমতি নিয়ে ফেলেছে। গিন্নীমা র কথা ভেবে জমিদার বাবু ও কেনো যেন মোহের বশে আর না করতে পারেননি। এই যজ্ঞে বলি দেওয়া হবে এক ছাগ শিশু,এক কুকুর ছানা,পায়রার জোড়া বাচ্চা,সঙ্গে জোগাড় করেছে গ্রামের এক দরিদ্র গ্রাম চাষীর সদ্যজাত পুত্র সন্তান। আমি সকলের অগোচরে এই খবর জানতে পেরে গিন্নী মা কে জানানোর চেষ্টা করি, কিন্তু কামনা প্রিয়া আমাকে কিছুতেই গিন্নীমা র ঘরে প্রবেশ করতে দেন নি, যতক্ষণ না যজ্ঞ শেষ হয়। আমি ছিলাম নিরুপায়। এমনকি কর্তা বাবুকেও বলার চেষ্টা করি কিন্তু ওই কামনা প্রিয়া ওই মুহূর্তে নিজ মোহে কর্তা বাবু কে বশ করে রাখে। এই সবই ছিল আমাদের কর্তা বাবুর একেবারে অজ্ঞাত। তাহলে হয়তো আমাদের প্রজা প্রেমী জমিদার বাবু এই অঘটন কিছুতেই হতে দিতেন না। এই কু কর্ম ঘটে চলেছে গিন্নীমার সখের অন্নপূর্ণা মায়ের আশীর্বাদে সাজানো ঘরে, যজ্ঞের কালো ছায়া দ্রুত গতিতে চারিধারে ছড়িয়ে পড়লো, এইভাবে জমিদার ভিটেই প্রবেশ করলো কালো ছায়া ঘেরা অভিশাপ। কালো শক্তির প্রাণ প্রতিষ্ঠিত হল ওই স্তম্ভে।পড়ে আসছি সেই কথায়। এই সবের পেছনে যে কত বড় কু ষড়যন্ত্র কাজ করছে তা প্রায় সকলের অজানা। গিন্নী মা কেন যেনো এই কামনা প্রিয়ার অসৎ উদেশ্য অনেক আগেই বুঝতে পেরেছিলেন কিন্তু তিনি সম্পুর্ণ নিরুপায়। একদিকে পুত্র সন্তান আসার আনন্দ অন্যদিকে সেই কামনা প্রিয়ার অসৎ কার্য গিন্নীমা কে আরো শয্যাসায়ী করে দেয়। প্রতাপ চন্দ্রের জন্ম তিথিতে এই কামনা প্রিয়া যে তান্ত্রিক কে এনে ছিলেন তিনি আর কেউ নন,কামনা প্রিয়ার জীবন সঙ্গী ধৃতনাথ তান্ত্রিক,এই বংশের ই কু সন্তান যাকে ত্যাজ্য করা হয়েছিল। এরও এক ইতিহাস রয়েছে। এবার সেই প্রসঙ্গে আসা যাক। কথিত আছে এই বংশের এক মাত্র ছেলে ধ্রুব নারায়ণ রায়ের বংশে অমাবস্যা তিথিতে ঘোর অন্ধকারে এই বেলতলা জমিদার ভিটে তে জন্ম নেন দুই ফুটফুটে জমজ পুত্র সন্তান। গুরু বাবা বলেছিলেন এই অমাবস্যায় জন্ম গ্রহণের ফলে তাঁর এক সন্তান হবে বিনয়ী, ন্যায় পরায়ন আর এক সন্তান এই ভিটে ধ্বংসের দ্বার উন্মোচন করবে। এই শুনে আশ্চর্য হয়েছিলেন আমাদের কর্তা বাবুর বাবা। কিন্তু তিনি ছোটো থেকেই এই ইঙ্গিত দুই সন্তানের মাধ্যমে পেলেও নিজ সন্তান কে কোন ভাবেই আলাদা করতে পারেন নি। বরং অন্য পথ বেছে নিয়েছিলেন তাতেও কোন লাভ হয়নি বরং ধ্বংসের পথ খুলে গিয়েছিল। শেষ বয়সে নিজ ভুল তিনি উপলব্ধি করেন কিন্তু তখন আর কোন পথ ছিল না তাঁর। এই দুই পুত্র সন্তানের মধ্যে একজন অমরনাথ রায় মানে আমাদের কর্তা বাবু যিনি ছোটো থেকেই ছিলেন সেবাপরায়ন, সরল প্রজা প্রেমী, তিনি আমাদের সকলের প্রিয় কর্তা।

অন্যদিকে আরেকজন তার পুরো ভিন্ন ছোটো থেকেই সে নিজেকে উচ্চ জাত বলে দাবি করতেন। ছোটো বড়ো হিতাহিত জ্ঞান শূন্য ছিলেন, গাঁয়ের বাচ্চাদের বিনা কারণে পথে ঘাটে মারতেন। নিরীহ অবলা পশুদের শিকার করে নিজ মনরঞ্জন করতেন। ওই পুত্রই সদর দরজার ওই পৈশাচিক মূর্তি তৈরি করেন নিজ শিকার করা পশুদের মুন্ড দিয়ে। যার ফল ভোগ করছে এই জমিদার বাড়ি। তোর ঠাকুর দাদা বারংবার বারণ করা সত্ত্বেও কর্তা কর্তা মশায়ের এই পুত্র কথা অমান্য করে এই মূর্তি তিনি বিশেষ কারিগর দিয়ে বানিয়েছিলেন। তোর ঠাকুর দাদা বলেছিলেন, নাকি এই বড় কর্তার পিতাকে এর ফলাফল ভয়ানক হবে কর্তা বাবু তিনি সব শুনেও তেমন কর্ণপাত করেননি যথাসময়ে। কিন্তু শেষ রাতে ঘটে যায় এক অঘটন, সত্যিই যে কারিগর এই মূর্তি বানান শেষ দিন তাকে আর খুঁজে পাওয়া যায়নি। সেই থেকে এই দানব প্রহরী হয়ে রয়েছে এই ভিটে তে। এই বিপদ থেকে রেহাই পেতে বড় কর্তার পিতা এক প্রকার নিরুপায় হয়ে ভাবে যদি ছেলের বিলেত গিয়ে সুমতি ফেরে তাই ছোট পুত্র কে বিলেত পাঠান পড়তে। কারণ তিনি ছিলেন ভীষণ মেধাবী। কয়েক বছর পর পেশায় ডাক্তার হয়ে ফিরে আসেন বিলেত থেকে। কিন্তু এই গুরু দীক্ষা তিনি ভালো কাজে না লাগিয়ে অসৎ কাজে প্রয়োগ করেন পরবর্তী জীবনে। গ্রামের লোকেদের সেবার নামে তাদের হৃদয় বিক্রি করতেন বিদেশে। একদিন নিজ পিতার কাছে ধরা পড়েন তিনি। নিজের অন্যায় কিছুতেই স্বীকার না করে উল্টে বলেন, 'এই দেশের লোকের বেঁচে থাকার চেয়ে বিদেশের মানুষদের বেঁচে থাকার অধিকার অনেক বেশি।" তিনি ভুল কিছু করেননি। জমিদার বাবু বুঝতে পারেন এই পুত্র কোন ভাবেই শুধরবে না তাই ধৃতনাথ কে গ্রামের লোকের হাতে তুলে দিতে গেলে সেই রাতেই তিনি পালিয়ে যান গ্রাম থেকে। কিছু বছর বাদে আবার ফিরে আসেন, তবে একা নন এই কামনা প্রিয়া কে সঙ্গে নিয়ে। এই কামনা প্রিয়া ছিল এক বাইজি, নিজ পুত্রের এমন অধঃপতন দেখে তিনি এই ধৃতনাথ তান্ত্রিক ওরফে ধৃতনাথ রায়কে ত্যাজ্য পুত্র করেন এবং এক বস্ত্রে ঘর থেকে বের করে দেন। এই রাগে হিতাহিত জ্ঞান শূন্য হয়ে ধৃতনাথ হয়ে ওঠে ধৃতনাথ তান্ত্রিক এই তান্ত্রিক হয়ে ওঠার পেছনে ও রয়েছে এক বড় অতীতে ঘটে যাওয়া কাহিনী যা আজ গুরু বাবা আমাকে চিঠির মাধ্যমে জানান।

অমর নাথ বাবুর পিতা ধ্রুব নারায়ণ রায়, এনাকে আমি সচক্ষে দেখিনি কখনো, কারণ আমার আসার পূর্বেই তিনি গত হন। ইনি ছিলেন বেলতলা গ্রামের সাক্ষাৎ জ্যান্ত দেবতা। সকলের বিপদে আপদে নিজে

ঝাপিয়ে পড়তেন। ওনার এই গুন পেয়েছিলেন ওনার নিজ সন্তান এই অমর নাথ বাবু। তাঁর প্রথম সন্তানের মানে আমাদের কর্তা বাবুর বিবাহ দিয়েছেন, এই দিকে তার কিছু মাসের মাথায় ধৃত নাথ রায় এই বংশের ছোট পুত্র ফিরে আসে তার নিজের ভিটেতে, একেবারে কাঙাল দশা হয়ে সঙ্গে বাইজি মেয়ে মানুষ এই কামনা প্রিয়া। রূপ ঠিকরে বেরোচ্ছে তার। সেই রূপেই বশ করেছিল ধৃত নাথ কে। তার অবৈধ ফল ওই কামনা প্রিয়া অন্তঃসত্ত্বা হয়ে পড়ে। যা এনাদের পিতা জমিদার ধ্রুব নারায়ণ বাবু একদম মেনে নিতে পারেন নি। ধৃত নাথ বোঝায় সে একদম বদলে গেছে,সে কামনা প্রিয়ার সাথে বিবাহ বন্ধনে আবদ্ধ হয়ে সংসার জীবন পালন করবে, এই বাড়িতে সবার সাথে সুস্থ জীবন অতিবাহিত করতে চান এবং কামনা প্রিয়া অন্তঃসত্ত্বা ও অসুস্থ, তার পিতা তাকে আশ্রয় না দিলে তাদের আগত সন্তান আর কামনা প্রিয়া কে বাঁচানো সম্ভব নয়। বিবাহের পূর্বেই ধৃত নাথের এমন অবৈধ কর্ম বরদাস্ত না করতে পেরেই তিনি ধৃতনাথ কে ত্যাজ্য পুত্র করেন। এবং সেই রাতেই তাদের ঘর ছাড়া করেন তিনি। শোনা যায় এই দুই জন নবদ্বীপ গিয়ে গুরু বাবার স্মরণ নেন কিন্তু অত্যধিক অনিয়মের ফলে তাদের আগত সন্তান মারা যায় ওই আশ্রমেই। সন্তান হারানোর শোকে তাঁরা দুজনেই প্রতিজ্ঞা করেন তাঁদের প্রাণ থাকতে ওই বেলতলার ভিটে তে অন্য কারো বংশধর উত্তরাধিকার সূত্রে বেড়ে উঠতে পারবে নে আর। সেই মৃত সন্তান কে নিয়ে শুরু হয় তার তান্ত্রিক হয়ে ওঠার গল্প। গুরু বাবা বারংবার নিষেধ করা সত্ত্বেও তারা এই মারণ খেলায় মেতে ওঠে। দিন কয়েক পরেই তারা আবার রাতের অন্ধকারে সবার অগোচরে আশ্রম ছেড়ে চলে যায় কোথাও। গুরু বাবা খবর নিয়ে জানতে পারেন, এরপর থেকেই ধৃতনাথ শুরু করে গোপনে তান্ত্রিক হওয়ার সাধনা, দীর্ঘ উপাসনার ফলে পিশাচ সিদ্ধ তান্ত্রিক হয়ে ওঠে গোপনে। সঙ্গে কামনা প্রিয়া কে করে তোলেন এক পিশচিনী সাধিকা। এর ফলাফল কি ভয়ানক রূপ ধারণ করতে পারে তিনি পূর্বেই জানতেন তাঁর সাধনার বলে। চিঠির মাধ্যমে গুরুবাবা কর্তা বাবুর পিতাকে সব জানান কিন্তু তিনি সেই কথা সবার অগোচরেই রেখে দেন। যার পরিণতির ফল আজ জমিদার বংশ ভোগ করছে। দুজনে মেতে ওঠে এই ধরিত্রীর বুকে নিজ আধিপত্য বিস্তার লাভের আশায়। বহু জায়গায় বশীকরণ করার মাধ্যমে ধৃত নাথ হয়ে ওঠে নাম করা তান্ত্রিক। শুরু হয় দিন গোনার পালা, জমিদার ভিটের পতনের। জমিদার ধ্রুব নারায়ণ রায় মারা গেলে দিন কয়েক বাদেই কামনা প্রিয়া তার স্বামীর মিথ্যে মৃত্যু সংবাদ শুনিয়ে আশ্রয় নেন এই বেলতলায় জমিদার ভিটে তে। সে যেনো এই অপেক্ষায় ছিল, এই সব গিন্নীমা একদম মেনে নিতে পারেননি। তিনি যেনো পূর্বাভাষ পেয়েছিলেন এই জমিদার বাড়ির

মহা বিপদের। কিন্তু স্বামীর কথার ওপর কথা বলতে নিজের সতীত্বে বেঁধে ছিলো। তাই মুখ ফুটে বলে উঠতে পারেন নি, এই মেয়ে মানুষ ঠিক মানুষ নয়। চাল চলন মোটেও সুবিধের ঠেকছে না। কিন্তু ভবিতব্য কে খন্ডা তে পারে! এই ভাবে কামনা প্রিয়া বাসা বাধে বেলতলায় পবিত্র জমিদার ভিটে তে। নানান ছলা কলায় প্রথমে কর্তা বাবুর মন জয় করে উঠতে না পারলেও নিজের আধিপত্য বিস্তারের কাজে সক্ষম হয়েছিলেন। গিন্নীমার ওপর কর্তা বাবুর এমন ভালবাসা তার এক বিন্দুও সহ্য হতো না। কতবার কতরকম ভাবে এই কামনা প্রিয়া গিন্নীমা কে কর্তা বাবুর সামনে অপদস্ত করেছে, সব আমি নিজ চোখে দেখেছি। বড় কর্তা গিন্নীমার হাতে রাধা পায়েস নিত্ত দিন খেতেন। এই পায়েস ছিল ওনার পরম প্রিয়। মা অন্নপূর্ণার পূজার পর তিনি নিত্ত এই প্রসাদ গ্রহণ করতেন। এই পায়েস মা অন্নপূর্ণার জন্য গিন্নীমা নিজ হাতে তৈরী করতেন। একদিন এই পায়েসে চিনির বদলে নুন মিশিয়ে দেই এই কামনা প্রিয়া। বড় কর্তা প্রথমবার এই ঘটনায় গিন্নীমার ওপর রাগ করে পরমান্ন মুখে তোলেননি। সে কথা আজও মনে আছে। নিজেদের অমরত্ব লাভের নেশায় প্রতাপ চন্দ্র কে শিখণ্ডী করে একের পর এক অসৎ কাজ করে চলে দিনের পর দিন। সেই রাতে গিন্নীমার ঘরে তারা যে যজ্ঞ করে তা শুধু মাত্র ওই এক রত্তি শিশু প্রতাপ কে বস করার জন্য। এইভাবেই সেই গোটা রাত বন্ধ ঘরের ভেতরে গ্রামের সেই চাষীর এক মাত্র সদ্য জাত পুত্র নিজ হাতে ছুরি দিয়ে কেটে তার তাজা রক্ত পান করেন এই কামনা প্রিয়া আর ঘরের চারিধারে ছড়িয়ে দেন ভস্মীভূত ছাই। এই যজ্ঞের পর কাউকে না জানিয়ে সেই কামনা প্রিয়া হটাৎ গিন্নীমার আতুর ঘরে ঢুকে কি যেনো মাথায় বুলিয়ে দেই। আমি জানলার বাইরে দিয়ে সবটা দেখি। ঠিক পরদিন ভোরবেলা থেকে গিন্নীমার শরীর আরো খারাপ হতে থাকে। এইভাবেই কেটে যায় পুরো এক মাস, দিনটি ছিল আষাঢ় মাসের ঘোর অমাবস্যা, সকাল থেকেই গিন্নীমা কেমন যেন অস্থির হয়ে ওঠেন বারবার। শরীরের আরও অবনতি ঘটতে থাকে,ওই কঙ্কাল সার দেহ থেকে ওই চাঁদ পানা মুখ খানি যেনো রক্তবর্না হয়ে ওঠে কষ্টে বেদনায়। চোখ দুটো ঠিকরে বেড়িয়ে আসে ওনার। কর্তা বাবু সারি সারি কবিরাজ ডাক্তার ডাকেন। বিকেল থেকে শুরু হয় অঝোর ধারে বৃষ্টি। আমাদের গিন্নীমা নিস্তেজ হয়ে পড়েন ধীরে ধীরে। রাত তখন প্রায় ১টা হবে। কর্তা বাবুর হাত খানা ধরে শেষ নিঃশ্বাস ত্যাগ করেন সেই রাতেই। তার আগের রাতে কি জানি গিন্নীমা হয়তো বুঝে ছিলেন ওনার হাতে আর বেশী সময় নেই, তাই রাতে গিন্নীমা আমাকে চুপিসারে ডেকে জানান, 'বুঝলে বাবা রাম চরণ আমার যাওয়ার পালা ঘনিয়ে এয়েচে, এখন তোমার বহু দায়িত্ব পালন করতে হবে যে বাবা। আমি আর বেশিদিন বাঁচবো নে

বাবা, অতি কষ্টে বলতে থাকেন, 'কেউ যেনো ওনার শরীর টিকে দুমড়ে মুচড়ে ভেঙে ফেলতে চান।" গোটা শরীর জুড়ে তীব্র ব্যাথা,আমি জানি এ সবই ওই কামনা প্রিয়ার কার্য, আগের সব ঘটনা আমি ধীরে ধীরে গিন্নীমা কে বলি, তিনি আমার হাতে একটা ছোটো কাঠের বাক্স তুলে দেন,এবং বলেন গতকাল রাতে তিনি মা অন্নপূর্নার আশীর্বাদে স্বপ্নাদেশ পেয়েছেন। সেই স্বপ্নে মা অশ্রু জর্জরিত চোখে এই বাড়ি থেকে চলে যাচ্ছেন,এই ভিটে নিষ্পাপ ও অবলাদের রক্তের দ্বারা অশুচি করা হয়েছে,ভিটের কোনায় কোনায় পাপের বাসা, তাই মা এই ভিটে পরিত্যাগ করেছেন,শুধু মাত্র প্রতাপ চন্দ্রের তৃতীয় বিবাহের পর তার স্ত্রী আগমনে আবার তিনি এই ঘরে পুনঃ প্রতিষ্ঠিত হতে পারবেন,ওই মেয়ে তোমার ঘরে জন্ম নেবে বাবা রাম। তোমার পিতা সব জানেন। হটাৎ ওর মনে পরে যায় ওর পিতার বলা সেই পুরোনো কথা গুলো। যে নিজে স্বয়ং মায়ের আশীর্বাদ প্রাপ্ত,যার কপালে অর্ধ চন্দ্রের তিলক থাকবে জন্ম মুহূর্তও থেকেই,এই মেয়েই এক মাত্র এই জমিদার ভিটে রক্ষা করতে সক্ষম, মা অন্নপূর্ণা আমার স্বপ্নাদেশে স্বয়ং এর ইঙ্গিত দিয়েছেন,তার আগে কোনো ভাবেই এইসব থেকে উদ্ধার পাওয়া সম্ভব নয় বাবা রাম। এখন এই ভিটে রক্ষার ভার তোমার হাতে,এ শুধু তোমার আর আমার মধ্যের কথা, যথা সময়ে আগে এর পূর্বাভাস আর কেউ যেনো না টের পায়। ওই কামনা প্রিয়া এই জমিদার ভিটেই যে মায়াজাল বিছিয়েছে তার ছেদন করা অতি সহজ বিষয় নয়। সব কিছু জানার পর আমি ভীষণ ভীত হলেও গিন্নীমা র কাছে শপথ করি, যে করেই হউক এই ভিটের এক মাত্র প্রদীপের সুতোয় জ্বলজ্বল করা আলো ওই পিশাচিনীর হাতে শেষ হতে কিছুতেই দেবো নে। কথা শেষ হওয়া মাত্র আমি ঘর থেকে চুপিসারে বেরিয়ে পরি কেউ আমাকে এ ঘরে দেখে ফেলার আগেই। তারপর শুরু হয় আমার নতুন যাত্রা। এক শনিবার কৃষ্ণ পক্ষের তিথিতে ঘোর অমাবস্যার রাতে গিন্নীমা তার শেষ নিশ্বাস ত্যাগ করেন। গ্রামের লোক মুখে প্রচলিত আজও জমিদার বাড়ির চত্বরে গিন্নীমা কে দেখা যায় ঘুরে বেড়াতে। ইন্দু ভাবে তবে সেও কি এই গিন্নীমা কে দেখতে পাই? গিন্নীমার খাস দাসী মোক্ষদা দিদি জমিদার বাবুকে জানান, বড় গিন্নীমা আর নেই,এই ঘটনার পর বড়ো কর্তা যেনো ধীরে ধীরে ভেঙে পড়তে থাকেন, প্রাণভরা এই জমিদার ভিটে ধীরে ধীরে অভিশপ্ত ভিটেই পরিণত হয়। এর পর থেকেই গ্রামে শুরু হয় ভয়ানক সব অলৌকিক কর্ম কাণ্ড। গ্রামে যে ঘরেই সদ্য শিশু জন্ম নেয় পরদিন ভোরবেলা তার মুণ্ডহীন শরীর পড়ে থাকে ফ্যাকাসে হয়ে। সাথে সাথে গরু,ছাগল,হাস,কুকুর,বেড়াল সব অবলা প্রাণী দের সদ্য বাচ্চার এমন দশা ঘটতে থাকে। গ্রামের লোকেরা জমিদার বাবুর পুত্রকে অপয়া ভাবতে

থাকে। সকলে জমিদার ভিটে তে যাওয়া বন্দ করে দেয়,ঘরে ঘরে পাহারা বসায়। এই সব কিছু কোনো কূল কিনারা বড়ো কর্তা ঠাহর করে উঠতে পারছিলেন না,এই সব দুশ্চিন্তায় ধীরে ধীরে বড়ো কর্তা আরো ভেঙে পড়েন। ছোটো কর্তার প্রতাপ চন্দ্রের চার বছর বয়সে হটাৎ একদিন হৃদরোগে আক্রান্ত হন,তারপর থেকে নায়েব মশাই ষস্টি চরণ সব রাজত্ব সামলাতে থাকেন,তিনিই ছিলেন এই সমস্ত সাম্রাজ্য সামলে রাখার বড় কর্তার একমাত্র বিশ্বস্ত কর্মচারী। আমার তখন ১০বছর বয়স সবে, বাবা আর আমি সব কিছুই নিজ চোখে দেখি কিভাবে এর পর থেকে ছোটো কর্তা ওই কামনা প্রিয়ার বশবর্তী হয়ে থাকেন। এই পিশাচিনীকে আমি কিছুতেই বুঝতে দিতে চাইনি তার এই কুৎসিৎ রূপ আমার জানা। গিন্নী মা চলে যাওয়ার পর কর্তা মশাই প্রতাপের ভার কামনা প্রিয়ার হাতেই তুলে দেন, মন থেকে না চাইলেও বাধ্য হন দিতে একপ্রকার। কিন্তু আমি সর্বদা ওর ওপর নজর রাখতে শুরু করি কখন কি খায় কখন কোথায় যায় প্রতাপ কে চোখের আড়ালে যেতে দিতুম নে। কারণ তোর ঠাকুরদা প্রতাপের কুষ্টি বিচার করে বলেছিলেন ওর সাত বছর বয়সে মৃত্যুজোগ রয়েছে। সাত বছর অবধি প্রতাপ আমার সাথেই থাকতো, তখন আমার বয়স বারো কি তেরো হবে, সবে পৌরহিত্য শিখে তোর পিতামহের সাথে সাথে পুজোয় হাতে খড়ি চলছে, তবে তোর ঠাকুর দাদার জ্ঞান ছিল অপরিসীম,তিনি ছিলেন এই গ্রামের নাম করা জ্যোতিষী ও বটে, তিনি আমাকে সর্বদা বলতেন বাবা রামচরণ এ বাড়ির ছত্র ছায়ায় এক কালো অধ্যায় শুরু হতে চলেছে, যার উদ্ধার তোমার করতেই হবে বাবা। সেই মুহূর্তে বাবার কথা গুলো কেমন যেনো অসামঞ্জস্য মনে হতো। আসলে বাবা এই বাড়ির কুষ্টি বিচার করেই এই সব জানতে পারেন তবে তিনি কর্তা বাবুকে কিচ্ছুটি জানতে দেননি যা জানতেন শুধু মাত্র গিন্নীমা। গিন্নীমা এই ভাবে ভরা সংসার ছেড়ে চলে যাওয়ায় কর্তা মশাই ভেঙে পড়েন,ওই দিকে তোর ঠাকুরদাদা নিজেও বিধ্বস্ত হয়ে কূল দেবীর সেবার ভার সম্পূর্ণ আমার হাতে তুলে দেন আমার মাত্র ১৪ বছর বয়সে। কিন্তু বাবা নিজ গৃহে বসে অনেক রকম পুঁথি লিখতেন। নিজের স্বপ্নাদেশে প্রাপ্ত মায়ের আদেশ অনুযায়ী এই পুঁথি গুলো লিখতেন। আমি শুধু সেই পুঁথি আর প্রতাপ কে নিজের সঙ্গ ছাড়া করতুম নে। শুধু ভয় হতো পিতা বলেছেন সাত বছর অবধি প্রতাপের জীবন প্রয়াণের যোগ রয়েছে আর এর ভূমিকায় কে আছেন সেটাও আমার জানা,কিন্তু কে জানত এই পিশাচিনীর আসল উদ্দেশ্য অন্য কিছু! ধীরে ধীরে প্রতাপ বড় হতে থাকে কিন্তু গ্রামে নিত্ত দিন ঘটে চলে অঘটন কোনোদিন কারোর বাড়ির গরু কোনো দিন ছাগল আবার কোনোদিন সদ্য জাত বাচ্চা উধাও পরদিন তাদের দেহের ছেরা অংশ মিলত,এই সবের

আসল কারণ কি তা আমার জানা ছিল। তাই আমি স্থির করি গ্রামের মঙ্গল কামনায় মা অন্নপূর্ণার পূজো হবে আসছে শুক্লপক্ষে, সেই মত গ্রামবাসীদের জড়ো হতে বলি,এই সব দেখে বড়মা বেঁকে বসেন। উনি কিছুতেই এই পূজা হতে দেবেন না। কিন্তু শেষ অব্দি পুজো হয় এবং আমি প্রত্যেক গ্রামবাসীকে এক মন্ত্রপূত তাবিজ দিয়ে তাদের ঘরের বাইরের দরজা তে বেধে দিতে বলি সাথে এক মন্ত্রপূত জল দিয়ে বলি এটা প্রত্যেক চন্দ্রগ্রহণের দিন দরজা জানলায় ছিটিয়ে দিতে এবং সন্ধ্যে ছয় টার পর কোনো বাচ্চা ছেলে হোক বা মেয়ে সাথে সাথে গবাদি পশুদের বাইরে না বের করতে,সেইমত তারা রক্ষা পায়। কিন্তু আমি জানতাম এর মেয়াদ বেশিদিনের নয়। আষাঢ় মাসের এক বৃষ্টি মুখর রাতে হটাৎ কর্তা বাবু পরলোক গমন করলেন। সেই থেকে গোটা জমিদার বাড়িতে কালো আঁধার নেমে এলো, শুরু হল কামনা প্রিয়ার রাজত্ব। প্রথমেই আমাকে কুলো পুরোহিত থেকে বিতাড়িত করে অন্য কাউকে রাখা হবে বলা হলো,এই ছিল ওই পিশাচ শক্তির প্রথম কাজ। তিনি আর কেউ নন ওই ধৃতনাথ তান্ত্রিক,যা আমি আগেই জানতুম, আমি থাকা মানে ওদের কু কার্যের বাঁধা। আমি এই বাড়ির মায়া ত্যাগ করে বেড়িয়ে পড়ি শুধু অন্নদার মা মোক্ষদার হাতে সব দায়িত্ব দিয়ে। ঐদিকে ওই কামনা প্রিয়া দাড়োয়ান দের আদেশ দেন,নায়েব মশাই ষষ্ঠীচরণ ছাড়া আর কেউ যেনো এই কামনা প্রিয়ার অনুমতি ছাড়া এই বাড়ির ভেতর প্রবেশ না করতে পারে,এমনকি প্রতাপ বাবার ও পড়ার জন্য শিক্ষক কে তিনি বাইরের বৈঠক ঘরে বসাতেন। নায়েব মশাই আমাকে সব চুপি চুপি খবর দিতেন মোক্ষদার মাধ্যমে। এই করে দিন রাত্তির কাটতে থাকে। আমি শুধু মাত্র ওই বাড়ির মা অন্নপূর্ণার ফুল নিজ ঘরে নিয়ে আসি। শুরু করি গৃহে মা অন্নপূর্ণার পূজা। এক পূর্ণিমা তিথিতে তোর ঠাকুর দাদাও দেহত্যাগ করেন মৃত্যুর পূর্বে আমার মাথায় হাত রেখে বলেন, ‘বাবা রাম তুমি আমার বল ভরসা, বেলতলার জমিদার ভিটে তুমি রক্ষে কোরো।” প্রতি পূর্ণিমা তিথিতে রাত্রি বেলা ঘুমের মধ্যে এক বিশেষ মন্ত্রবলে আমি সপ্ন দেখি মা কাঁদছেন, আর বলছেন ওই গৃহে মা এর অযত্নের কথা তিনি আমায় একই স্বপ্ন দেন যা গিন্নীমা কে দিয়েছিলেন। আমার বিবাহের দীর্ঘ পাঁচ বছর পর হঠাৎ এক পূর্ণিমায় আমি এই সপ্ন দেখি এবং তুই আসছিস মা এর রূপে সেও কথা মা আমায় জানান দেন স্বপ্নে। ঠিক সেই সময় তোর মা গর্ভবতী হন। দেখতে দেখতে তোর আসার দিন ঘনিয়ে আসে।। সময়টা ১৮৫১ সাল, ৫ই অগ্রহায়ণ গোধূলী চাঁদের আলোয় তুই কোল আলো করে ঘরে এলে তোর মা কে আমি এই বিবাহের কথাটুকু শুধু জানাই তোর মা কিছুতেই মানতে নারাজ। কিন্তু বিধির লিখন কিভাবে প্রতাপ ও এক

জ্যোতিষীর থেকে তোর খবর জানতে পারে, সে আর কেউ নন আমাদের গুরু বাবা তবে আর কিছুই তিনি প্রতাপ কে জানতে দেননি পাছে প্রতাপের বিপদ ঘটে এই ভেবে। এই ভাবেই তোদের ভগবান এক বিধিলিপি তে বেঁধে ফেলেন মা। দেখতে দেখতে কেটে যায় বহু বছর, এই সময় প্রতাপের দুটি বিবাহ হয়ে কিভাবে সংসার ভেঙে যায়, সেই দুই স্ত্রীর মৃত্যু সবই আমার জানা। তবে গ্রামবাসীর কাছে প্রথম দুই স্ত্রীর মৃত্যু আজও রহস্য জনক ভাবেই অজানা রয়ে গেছে। তাদের মৃত্যুর কারণ ও আজ তোকে বলব মা ইন্দু...

রহস্য উন্মোচন

সালটা ১৮৪৬, ২২ই আষাঢ়; আমার সবে বিবাহ দিয়ে তোর মাকে ঘরে এয়েছেন তোর ঠাকুরদা। আমার বয়স তখন ১৯ বছর তোর মা ১২ বছর। আমার বিয়ের সময় প্রতাপ স্বভাবতই ১৩ বছরের বালক। আমি ওকে ওর ছয় কি সাত বছর বয়স অবধি দেখেছি তারপর সব নায়েবের মুখ থেকে খবর নিতাম। শুনেছিলাম প্রতাপ ভীষণ মেধাবী বালক, উচ্চ শিক্ষার জন্য তাঁকে বাইরে পাঠানো হচ্ছে তবে এ সব বড়মা নিজের কু কার্যের সুবিধের জন্যই করেছিলেন তবে তাতে একদিক দিয়ে সাপে বর হয়েছিল প্রতাপের জীবনে। প্রায় ছয় বছর বাইরের থেকে লেখাপড়া করে নিজ দেশে ফিরে প্রতাপ। ততদিনে বড়মা গায়ের লোকেদের ভীষণ রকম অত্যাচার করতে থাকেন। প্রতাপ ফেরার পর পর নায়েব মশাই কে দিয়ে প্রতাপের বিয়ের জন্য পাত্রী দেখা শুরু করেন। ভিন গাঁয়ের জমিদার শ্যামচন্দ্র বারুজ্যার মেজো কন্যা মা প্রিয়ংবদার সাথে বিবাহ স্থির হয় প্রতাপের। অত্যন্ত শান্ত স্বভাবের এই মেয়েটির ভাগ্যে অসীম যন্ত্রণা লেখা আছে তা আমার আগেই জানা। তোর যখন সবে চার বছর বয়স তখন প্রতাপের একুশ বছর বয়স। সেই বয়সে প্রথম বিবাহ সু সম্পন্ন হয় প্রীয়ংবদা মার সাথে। তবে বিয়ের পর থেকে নিত্ত দিন তার ওপর অত্যাচার শুরু হয়। প্রতাপ স্ত্রীকে ভালো বাসলে ও এই ব্যাপারে ছিলেন পুরো নির্বিকার। ওই কামনা প্রিয়া নিত্ত দিন বাচ্চা হওয়ার নাম করে বিভিন্ন জরিবুটি ওকে খাওয়াতে থাকে, বিবাহের প্রথম মাসেই গর্ভবতী হই প্রিয়ংবদা। দেখতে দেখতে প্রসবের সময় এসে যায় সন্তান জন্ম নেয় কিন্তু সেই সন্তান মৃত বলে ঘোষণা করা হয় সকলের কাছে। মোক্ষদা তখনও বেঁচে, সে নিজ চোখে সবটা দেখেও নিরুপায় ছিল আমি বহু তাবিজ ওর হাত দিয়ে মা প্রিয়ংবদার হাতে পাঠাতাম কিন্তু এই বড়মা তাকে কোনো কিছুই ধারণ করতে দিতেন না। এই করে পাঁচ পাঁচ বার সন্তান হারা হউন প্রতাপের প্রথম স্ত্রী। আমি শত চেষ্টা করেও কিচ্ছুটি করতে পারিনে, আমি জানতুম এই ছিল প্রথম স্ত্রীর ভবিতব্য। আস্তে আস্তে প্রতাপ বদলে যেতে থাকে। নিজ স্ত্রীর ওপর তিনি অভিমান করে বহুদিন বাঈজী বাড়িতে পড়ে থাকতেন এ সব কাজের মূল্ ছিলেন ওই কামনা প্রিয়া। কিভাবে ওই সদ্য জাত নিষ্পাপ ফুলের মত শিশু গুলোকে মুণ্ড ছেদন করে তিনি তার রক্ত পান করতেন তার সাক্ষী মোক্ষদা নিজে। শেষ সন্তান জন্ম দিয়ে মোক্ষদার হাত ধরে তার প্রাণ ভিক্ষা চেয়েছিলেন ওই সরল শান্ত স্বভাবের মেয়েটি। সেই রাতে মোক্ষদা খুব চেষ্টা করেছিল বাচ্চা

টিকে নিয়ে পালিয়ে যাওয়ার। কিন্তু ফলস্বরূপ তাঁকে বোবা করে দিয়েছিল ওই পিশাচিনী বড়মা। পরদিন ভোরবেলা পুকুরের জলে প্রিয়ংবদার দেহ ভেসে ওঠে। জমিদার প্রতাপ চন্দ্র এই সব দেখে পাথর হয়ে যান। আমি সব জেনেও ছিলাম নিরুপায়। কারণ বিধির নিয়মমতো প্রথম স্ত্রীর ভবিতব্য এই ছিল। দেখতে দেখতে দুটো মাস কেটে যায় আবার প্রতাপের বিবাহ স্থির করা হয় সেই জমিদারের ছোটো কন্যার সহিত। খবর নিয়ে জানতে পেরেছিলাম এই কন্যা রূপে গুনে সর্বরূপা। আমি চুপি চুপি বিয়ের আগে জমিদার গৃহে উপস্থিত হয় এবং কুসুমবালার সাথে দেখা করি। সব কথা খুলে বলি তাকে এবং ওর হাতে এক তাবিজ বেঁধে দিয়ে বলি কোনো ভাবেই এই তাবিজ যেনো সে না খুলে ফেলে প্রতাপের কথাতেও নয়। এই কন্যা ছিল ভীষণ বুদ্ধিমতী, সে বিবাহের পর আমার সাথে যোগাযোগ রাখতো চুপিসারে এবং সব ঘটনা জানাত। বড়মা প্রতি অমাবস্যা ও পূর্ণিমা তে নিজ ঘরের ভেতর যজ্ঞ করতো এবং সেই যজ্ঞের ছাই নাকি বাড়ির চারিধারে ছড়িয়ে দিতেন কাকভোরে। প্রতাপের দ্বিতীয় স্ত্রী সব খোঁজ রাখতো মোক্ষদার মাধ্যমে কিন্তু একদিন হটাৎ সেই দিনটা ছিল কোনো এক চন্দ্র গ্রহনের দিন। রাতে মোক্ষদা কে ডেকে পাঠালে জানতে পারে মোক্ষদা খুব অসুস্থ। সে ছোটো গিন্নী কে কিছু বলতে চান। কিন্তু সে পৌঁছনোর আগেই এক অস্বাভাবিক ভাবে তার মৃত্যু ঘটে। তার মেয়ে অন্নদা, তাকে বলে মা কে ওই বড়মা জোর করে একটা গাছের ছাল খেতে বলেন, সেটা খাওয়া মাত্রই মা বুকের ব্যাথায় ককিয়ে ওঠে এবং কখন জানি প্রাণ টা মায়ের কে যেনো জোর করে বের করে নিয়ে গেল এই বলে সে আর্তনাদ করে কেঁদে ওঠে। মোক্ষদা তার মেয়েকে সব টা বলে যায়। বড় মা কিভাবে বড়ো বৌ কে নিজ হাতে গলা টিপে মেরে ফেলেছে তাকেও একি ভাবে মেরে ফেলবেন উনি কোনো সাধারণ নারী নন এক পিশাচিনী। রাম চরণ পুরোহিতের দেওয়া তাবিজ যেনো সে কখনোই না খুলে এই তাবিজ তার রক্ষা কবজ। এই সব কথা শেষ হওয়া মাত্রই অন্নদা জ্ঞান হারায় সেই মুহূর্তে। তবে আমি সকলের অলক্ষ্যে ওর কাছে এসব জানতে চাইলে ও অবাক হয়ে বলে আমি ছোটো বউ রাণীমা কে কিছু বলি নাই তো। আমি বুঝতে পারি পূর্ব কথা সে ভুলে গেছে তাই আর কথা বাড়ায় নি সেই নিয়ে। সব শুনে কুসুমবালা ভয় পেয়ে গেলেও সে মনে মনে প্রতিজ্ঞা করে কোনো মতেই এই জমিদার গৃহের সে ক্ষতি হতে দেবে নে। হটাৎ ইন্দুর কুসুমবালার লেখা চিঠির কথা মনে পড়ে, সেখানে লেখা ছিল 'সে বড়মার আসল রূপ জেনে ফেলেছে" কিন্তু অন্নদা দি যে সব জানে সেটা তো সে কখনোই প্রকাশ করেনি কিন্তু কেনো? নিজ পিতার কথায় আসল কারন জানতে পারে সে। রাম চরণ বলে চলেন, কিন্তু বড়মা এমন ভাবে

প্রতাপকে সেই সময় বশ করেছিলেন তার মন্ত্র বলে যে প্রতাপ ওনার সব কথা সর্বদা মান্য করে চলত। কুসুমবালার কোনো কথা তিনি গুরুত্ব দিতেন না বরং বড়মার কথা যেনো সে অমান্য না করে সেই মত তাকে চলতে বলা। মন্দিরে যাওযার জন্য একদিন বড়মা নালিশ জানান প্রতাপের কাছে, বাবা প্রতাপ তোমার বউয়ের এতো যখন ভক্তি ওই ঠাকুরের ওপর তখন বংশের একটা প্রদীপ জ্বেলে দেখাক দিকিনি, প্রতাপ বড়মার কথায় উত্তেজিত হয়ে পড়ে, গম্ভীর মুখে দ্রুত নিজ ঘরে চলে যান, সেই রাতে এক ভয়ানক রূপ নাকি কুসুমবালা দেখেছিল প্রতাপের, রাতে সাপের মত লক লক করতো প্রতাপের জিহ্বা আষ্টে পৃষ্ঠে যেনো কুসুমবালার শরীর জুড়ে ছোবল মারতে শুরু করে প্রতাপ এক সন্তানের আশায়। এ কথা ইন্দুর ও জানা কারণ সেও এই যন্ত্রনা ভোগ করে আসছে। অনেক যন্ত্রণা সহ্য করে কুসুমবালা, মন্দিরে যাওয়া তাঁর নিষেধ করে দেন প্রতাপ চন্দ্র যতদিন তাঁর সন্তান না আসে। এর অলক্ষ্যে আর কেউ নন স্বয়ং ওই বড়মার হাত তা কুসুমবালার অজানা ছিল না। চুপিসারে মন্দিরে যাওয়ার জন্য প্রতাপের হাতে চাবুকের বারি খেতে হয় তাকে বারংবার ওই কামনা প্রিয়ার ষড়যন্ত্রে। দেখতে দেখতে কুসুম বালার গর্ভে আসে এই অন্নপূর্ণা মা। কুসুম বিদ্যাবতি হওয়ায় অনেক চিঠি লিখে রাখতো। আমাকে সে চিঠির মারফত সব খবর দিত নায়েবের হাত মারফত। দেখতে দেখতে সেই জন্মখন এসে যায়, কুসামবালার প্রসব যন্ত্রণা শুরু হয় মাঘী পূর্ণিমা দিন। জন্ম হয় এক শিশু কন্যার। দাই মা জানাই কি অপরূপা সেই কন্যা সাক্ষাৎ মা অন্নপূর্ণা। আমি দাই মা কে আগে থেকেই বলে রেখেছিলুম সেই মুহূর্তে ওর জন্ম হবে সে যেনো ওকে জানলার ফাঁক দিয়ে ফেলে দেই আমি রক্ত মাখা একটা পুটুলি সেখানে দিয়ে দেবো কিন্তু সেই মুহূর্ত আসার আগেই বড়মা বাচ্চা কে কোলে নিয়ে পুকুরের ধার দিয়ে অন্ধকারে মিলিয়ে যান। আমি শেষ রক্ষা করতে পারিনি। দুই মাস বেঁচে ছিলেন মা কুসুম বালা কিন্তু বোবা হয়ে। এক ঘোর অমাবস্যার রাত শেষে পুকুরের ঘাটে প্রতিমার মতো কুসুম বালার মুখখানা ভেসে ওঠে। আমি পড়ে দাই মার মুখে জানতে পারি, ওই পিশাচিনী দাই মা কে দিয়ে জোর করে কুসুম বালার হাতের তাবিজ খুলিয়ে ছিলেন সেই ভয়াবহ রাতে। তারপর এক যজ্ঞ বলে কুসুম বালার জীবিত অবস্থাতেই দেহের প্রাণ বের করে কি নৃশংস ভাবে তা একটা কাঁচের পাত্রে ঢুকিয়ে এক বিকট অট্ট হাসিতে ঘর ফাটিয়ে জেতার আনন্দ নিয়েছিলেন সেই মৃত্যু মুখী অবস্থাতে কুসামবালার আর্তনাদ ও যন্ত্রণা প্রতি দেওয়ালে হয়তো আজও কম্পিত হয় যা শুনলে পরে দেহের হাড় হিম হয়ে পড়ে। দাই মা নিজ চোখে সবটা দেখে একেবারে বোবা হয়ে গিয়েছিল, তবে এই দৃশ্য দেখার ফলস্বরূপ দাই মার ও শেষ পরিণতি হয়েছিল মৃত্যু। এই ভাবেই

দুই নিষ্পাপ জীবন একে একে শেষ করে ফেলেন ওই পিশাচ রুপি বড়মা । আমাদের ওই বড়ো গিন্নী মা কেও এই ভাবেই মেরে ফেলেছিলেন । এই সবের পর আমি গুরু বাবা দক্ষিণারায়ণ মাধ্যম প্রতাপের কাছে খবর দিই । গুরু বাবা প্রতাপের হাত দেখে তাকে বলে, 'তাঁর তৃতীয় স্ত্রী হবে কোনো পুরোহিতের এক মাত্র কন্যা ।" সন্যাসী এও বলেন সেই কন্যা প্রতাপের কন্যা সম, তার এগারো বছর বয়সে বিয়ে করে তার গৃহে আনতে । তাদের দুজনের কোল আলো করে জন্ম নেবে এক পুত্র সন্তান । তবে এই বিয়ে হবে তাঁর পরিবারের অগোচরে । বিবাহের পরেই সে বউ নিয়ে গৃহে হাজির হয়ে সব জানাতে পারবে । সেই এক মাত্র এই ভিটের সব পাপ দুর করতে সক্ষম । সন্যাসী র কথা শুনে প্রতাপ লোক লাগায় গায়ে । খোঁজ পাই আমার । আমি হাসি মুখে প্রতাপের সব কথায় সম্মতি দান করি । তবু প্রতাপ মনের সংশয়ের জন্য লোক পাহারায় রাখে। তোর মা কিছুতেই এই বিয়ে না মানতে চাইলেও আমি জানতাম এ সবই বিধির লিখন । স্বয়ং মা অন্নপূর্ণার ইশারায় এই বিবাহ হতে চলেছে । তবে এই বিবাহ ছিল সম্পূর্ণ ওই কামনা প্রিয়ার অলক্ষ্যে । তোর মা এই বিয়ে কিছুতেই হতে দিতে না চাইলেও শেষ অবধি বিবাহ সম্পন্ন হয় । আমি জানতাম প্রতাপ কখনোই খারাপ চরিত্রের লোক হতে পারে না । সে যে স্বয়ং দেবী তুল্য গিন্নীমা ও সয়ং দেবতার মত জমিদার বাবুর সন্তান । বড় মার মোহে প্রতাপ এক ঘোরের মধ্যে আছে তবে তোর সংস্পর্শে ও ধীরে ধীরে এ মোহমায়া কাটিয়ে উঠবে দেখবি ইন্দু মা আমার । ইন্দু সে ভালো করেই জানে, যে অত্যাচারী জমিদার প্রতাপের কথা সে শুনে আসছে মানুষটা আদতে একটা নরম কাদার দলা ঠিক নারকেলের মতো । সব শোনার পর ইন্দু তার পিতা কে বলে, 'বাবা পূর্ণা আর কেউ নয় বাবা তোমার জামাতার দ্বিতীয় স্ত্রীর কন্যা" । রাম চরণ বাবু অবাক! বলেন, 'একি আনন্দ সংবাদ সোনালী রে মা তুই!! হে মা অন্নপূর্ণা এ সবই তোমার লীলা, একেই বলে দৈব"। রাখে হরি তো মারে কে? এ কথা আমি, অন্নদা দি ছাড়া আর কেউ জানে না স্বয়ং জমিদার বাবু ও না,আজ এই মুহূর্তে তুমি জানলে। তারপর ইন্দু জানাই সে কিভাবে সেই জঙ্গলে বিবাহের কিছুদিন বাদে বড়মার কু কার্যের কথা জানতে পারে তা একে একে সব বলতে থাকে । সব শুনে রাম চরণ মশাই চোখের জল মুছে পূর্ণা কে কোলে তুলে নেন । ইন্দু তার পিতাকে জিজ্ঞেস করে এখন আমাদের কি করণীয় বাবা । তার পিতা তার হাতে এক লাল সালু মোরা পুঁথি তুলে দেন । ইন্দু এই পুঁথি খুলে তার কাছে থাকা পুঁথির শব্দ গুলো মিলিয়ে হটাৎ প্রায় বিস্ময়ের সাথে বলে বাবা এতো একি পুঁথি, আমি মায়ের মন্দিরের কুঠুরি থেকে পেয়েছি । রাম চরণ বাবু বলেন,'হয়তো মা তোকেও জানান দিয়েছেন তবে আর দেরি নয় সামনের পূর্ণিমা তিথিতে একটি যজ্ঞ

করতে হবে মা অন্নপূর্ণা কে আবার নিজ গৃহে ফিরিয়ে আনার জন্য ।” তারপরেই শুরু হবে ওই পিশাচিনী কে শেষ করার পালা । তবে এ সবই প্রতাপের অজান্তে করতে হবে । আর ওই কামনা প্রিয়ার আড়ালে । প্রতাপ জানলে কিছুতেই এই যজ্ঞ হতে দেবে না সে, কারণ কামনা প্রিয়ার মোহ ভর করে আছে ওর দেহে । ইন্দু বলে, ‘বাবা তুমি চিন্তা কোরো না উনি কিছুদিনের জন্য ভিন গাঁয়ে যাবেন এক জমি সংক্রান্ত বিষয়ে নায়েব জ্যাঠার সাথে ।” আমি নায়েব মশাইকে সামনের পূর্ণিমার দিন যাওয়ার ব্যবস্থা করতে বলব । রাম চরণ বাবু ওনার পুঁটুলি থেকে একটি মন্ত্র পূত লকেট ঝোলানো সোনার মালা ইন্দুর গলায় পরিয়ে দিয়ে বলেন, ‘কোনোভাবেই যেনো এই মালা না খুলে ইন্দু মা, একটু খেয়াল রেখো।” চুপি চুপি ইন্দুর পিতা রাম চরণ বেরিয়ে পড়ে মন্দিরের পেছনের দরজা দিয়ে । অন্যদিকে রাম চরণের আসার খবর বড় মা তার তৈরী খাস দাসীর মাধ্যমে জানতে পেরে যান । তিনি এই খবরে রাগে ফেটে পরতে থাকেন,সেই দাসী খবর দেই বড় মা এই ইন্দুবালা আর কেউ নয় এই পুরোহিত মশাই রাম চরণ ঠাকুরের এক মাত্র কন্যা যার সাথেই তার নিজের হাতে গড়া প্রতাপ চন্দ্রের তৃতীয় বিবাহ সম্পন্ন হয়েছে । এই সবই তার অজান্তে, রাম চরণ এর আসার আসল উদ্দ্যেশ্য কি এই বাড়িতে সেই আসল কারণ জানার জন্য গোপনে লোক লাগায় কামনা প্রিয়া ।

দেখতে দেখতে এসেছে মাঘ । শীত বেশ জাঁকিয়ে পড়েছে । ইন্দু গায়ের শালটা ভালো করে টেনে এগিয়ে চলেছে ঘুট ঘুট অন্ধকারের মধ্যে দিয়ে । কাঁটা গাছে বিচ্ছিন্ন করে দিচ্ছে তার পায়ের অর্ধেকাংশ পেছনে অন্নদা হাঁপাতে হাঁপাতে এগিয়ে আসছে ও নতুন বউরানী মা আর এগোবেন নে । আপনি তো আর একা নন এখন, পেটের সন্তান টার কথা ভাবুন সে তো এখনো পৃথিবীর আলো দেখেনি গো বৌরাণী মা । কর্তা বাবু যে এবার একদম পাগল হয়ে যাবেন,এই কথা গুলো আওড়াতে আওড়াতে সেও ওই কাঁটা ঝোপ ঝাড়ের ফাঁকে ফাঁকে দৌড়ে চলেছে । ইন্দু কোনো বাঁধা না মেনে মরিয়া হয়ে উঠেছেন তাকে তার নিজের মেয়ে কে যে করেই হোক বাঁচাতেই হবে । সে যে তার মায়ের কাছে প্রতিজ্ঞা করেছিল,এইসব ভাবতে ভাবতে তার দু গাল বেয়ে বয়ে চলেছে অশ্রু ধারা । তাঁদের যজ্ঞের খবর পেয়ে গেছিল ওই পিশাচিনী । ইন্দু নিজের চোখের সামনে দাউ দাউ করে তাঁর জীবিত পিতা কে জ্বলতে দেখেছে, ওই জীবিত শরীরটা ছাই হয়ে গেলো নিমেষেই । অন্ধকারের কালো মেঘ ভেদ করে হটাৎ গর্জে গর্জে উঠছে বিদ্যুৎ, মুসুল ধারে শুরু হয় বৃষ্টি, ইন্দুর বুকের হাহাকার শুনে ইন্দ্র দেব ও

আজ শুরু করেছে মেঘ বৃষ্টির খেলা। ইন্দু কোনো কিছুর ভ্রুক্ষেপ না করে পিশাচিনীর সেই মোহ ঘেরা দরজার সামনে এসে দাঁড়ায়। তার সাথে সাথে কিছু দূরে হাঁপাতে হাঁপাতে অন্নদা এসে উপস্থিত হয়। সে একটুও দম না নিয়েই ইন্দুর হাত চেপে ধরে বলে, 'তোমার পায়ে ধরি বউরানী মা, খবরদার ওই পিশাচিনীর ঘরে প্রবেশ করো নে।" হটাৎ সেই ঘর থেকে শোনা যায় এক আর্তনাদ সঙ্গে বিকট দুর্গন্ধ। ইন্দুর মনে হয় কোনো গোলক ধাঁধার মাঝে সে আটকে পড়েছে, তবু সে হারবে না। সে জানে এ সবই ওই বড়মা রূপী পিশাচিনীর কুকর্ম, পূর্ণা কে একদিন এই পিশাচিনীর থেকে সে উদ্ধার করার জন্য তার দায়িত্ব তুলে নিয়েছিল, আর আজ শুধু নিজের পেটের সন্তানের জন্য পালিত সন্তানের বিসর্জন সে হতে দেবে নে কিছুতেই। ইন্দু এগিয়ে চলে রহস্যে ঘেরা ওই গোলক ধাঁধা ভেদ করে। পেছন থেকে অন্নদার ধীর আওয়াজ শোনা যায় বউরানী মা বউরানী মা ... ইন্দু ওই অন্ধকার ছিঁড়ে তার আলোমাখা মুখখানি ঘুরিয়ে পেছনে তাকায় তারপর মিলিয়ে যায় ওই রহস্যে ভরা অন্ধকারে...

অমাবস্যা যেনো আজ গ্রাস করে আছে প্রকৃতির শেষ আলো টুকু। চারিদিক গুটগুটে অন্ধকার। লাল রক্তের মত গুমোট হয়ে আছে চারিদিকের আবহাওয়া। ইন্দু ধীরে ধীরে প্রবেশ করছে বিপদের মুখে। ভেতরে প্রবেশ করেই ইন্দু যেনো মাকড়শার জালের মত জড়িয়ে যাচ্ছে এক এক সুতোয়, ভয়ের ভেতরের প্রাণটা একদম চুপ। একটার পর একটা ঘর অতিক্রম করে ইন্দু হাঁপিয়ে উঠেছে কিন্তু কোথায় সেই বড়মা আর কোথায় আমার প্রাণের ভ্রমর পূর্ণা? সে ঠিক আছে তো? নিশ্চই ঠিক আছে ঠিক তাকে থাকতেই হবে; হটাৎ বিকট আওয়াজ করে মৃত্যু যন্ত্রণায় কেউ ছটপট করে আবার নিথর হয়ে গেলো যেনো! কোন ঘর থেকে শেয়ালের কুকুরের বাছুরের আর্তনাদ শোনা যায় মাঝে মাঝে, আবার হটাৎ করে শিশু কান্নার আওয়াজ ভেসে আসে,ইন্দুর গলা শুকিয়ে কাঠ হয়ে যায়, কি যে ঘটছে এই নিষ্পাপ প্রাণ গুলোর সাথে ভয়ে তার বুক টা থর থর করে কেঁপে কেঁপে ওঠে। ইন্দু এক এক দরজা পেরোতে পেরোতে হটাৎ দেখে তার ডান দিকের একটা ছোট্ট জানলার ফাঁকে আগুণের ঝিলিক দিচ্ছে,সে ধীর পায়ে সেই জানলার কাছে গিয়ে দাড়াই। জানলার ফাঁক দিয়ে যা দেখে তাতে সে আর স্থির থাকতে না পেরে চিৎকার করে ওঠে, না কিছুতেই এ হতে পারে না ওকে ছেড়ে দে পিশাচ, এই বলে দরজা ঠেলে ভেতরে প্রবেশ করে, পূর্ণা ইন্দু মা বলে দৌড়ে ইন্দুর কোলে ঝাঁপিয়ে পড়ে। ইন্দু কে ঘরে আস্তে দেখে কামনা প্রিয়া অট্ট হাসিতে ঘর কাঁপিয়ে হাসতে থাকে, অন্য

দিকে সেই কাপালিক বসে যজ্ঞ করতে করতে ক্রুর দৃষ্টিতে একবার ইন্দুর দিকে তাকিয়ে হাতের ইশারায় কামনা প্রিয়া কে কিছু একটা ইঙ্গিত করে আবার জোরে জোরে মন্ত্র পড়তে থাকে। কামনা প্রিয়া বলে ওঠে, 'এসো এসো নতুন বউ ভেতরে এসো তোমার অপেক্ষায় তো আজ এত আয়োজন"। ইন্দু হতভম্বের মত বলে ওঠে, 'আপনার সমস্ত কু কৃত্তি আমি আজই শেষ করে দেবো", এই বলার আগেই ইন্দু দেখে চারিদিক দিয়ে অসংখ্য ভিন্নাকৃতির মাথা তার দিকে এগিয়ে আসছে। সে দিশেহারা হয়ে পড়ে কিভাবে সে এবং তার এই কন্যা পূর্নাকে নিয়ে এই জায়গা থেকে বেরোবে এই ভাবতে ভাবতে হটাৎ তাঁর মনে পড়ে তাঁর পিতার দেওয়া ওই লকেট মালার কথা, বিলম্ব না করেই সে গলার লকেটের মধ্যে হাত দেওয়া মাত্র সে দেখে বিকৃত আকৃতির মাথা গুলো তার দিকে এগিয়ে আসতে গেলেও একটা গোলকের মাঝে লেগে বিদ্যুতের মত ছিটকে যাচ্ছে এই দেখে ওই পিশাচিনী কামনা প্রিয়া চিৎকার করে ওঠেন। না কিছুতেই এটা হতে পারে না। কিছুক্ষনের মধ্যেই ঘরের চারিধারে থেকে একটার পর একটা মূর্তি, বাসন আলমারি পড়তে থাকে কিন্তু সেই গোলক রেখা ভেদ করে ইন্দুর সংস্পর্শ করতে পারেনা। কিছুক্ষন ধাতস্ত হয়ে ইন্দু আর কাল বিলম্ব না করেই এই সুযোগ কে কাজে লাগিয়ে পুর্নার হাত ধরে একটার পর একটা ঘর অতিক্রম করতে থাকে। চারিদিক যেনো লাল হয়ে গুমোট হয়ে আছে ঘরের ভেতর, গমগম আওয়াজ, কিন্তু একি বাইরে বেড়াবার কোনো পথ দেখা যাচ্ছে না। এবার কি করবে ইন্দু! যেদিকেই যাচ্ছে সেইদিকে দড়জা ভেবে এগোতে গেলে দেখছে সেটা দেওয়াল। পেছন থেকে ভেসে আসছে কামনা প্রিয়ার কান ফাটানো হাসি। দরজা খুঁজতে খুঁজতে কত সময় যে কেটে গেছে ইন্দু জানে না এই পৌষ মাসের শীতেও দরদর করে শরীর বেয়ে ঘাম ঝরছে, পূর্ণা ক্লান্ত হয়ে কান্না শুরু করেছে। সে ইন্দুর হাত ধরে বারবার জিজ্ঞেস করছে, 'ইন্দু মা আমরা কী আর এখান থেকে বেরোতে পারবো নে কোনোদিন "! ইন্দু অসহায়ের মত তার দিকে ফ্যাল ফ্যাল করে তাকিয়ে চেয়ে হটাৎ কিছু যেনো তার মাথায় খেলে যায়। সে কোমড় থেকে ওই জলে ভেজা পুঁথি খান বের করে এক এক করে শব্দের মানে খুঁজতে শুরু করে কিন্তু এই সংকেতে তো এখান থেকে বেরোনোর কোনো উপায় সে দেখতে পাচ্ছে না। কি করবে সে এখন বাবা যে বলেছিলেন, 'সেই নাকি এক মাত্র এই জমিদার ভিটে রক্ষা করতে পারে তাহলে কোন উপায়ে এখান থেকে সে পূর্ণা কে নিয়ে বেরোবে!" এই সব ভাবতে ভাবতে আরো সে গভীরে তলিয়ে যায়। পেটের এক দিকটা মাঝে মাঝে মোচড় দিয়ে উঠছে, হটাৎ আঃ করে সে ককিয়ে ওঠে লুটিয়ে পড়ে মাটিতে। সমস্ত শরীর তার যেনো তুলোর মত হালকা হয়ে আসে,পূর্ণা ইন্দু

মা ইন্দু মা করে ডাকলেও যেনো ইন্দু কাছে তা বহু দূরের আওয়াজ মনে হয় চোখ বুঝে আসে তার..

'উত্তরে গেলে দেখা পাবে তাঁর

গজানন নামে পরিচিতি যার।

সে পথ ছাড়িয়ে যাও দক্ষিণে

বটবৃক্ষ মিলিবে সেখানে

বটবৃক্ষ রূপ যাহার

সেখানে গিয়া পাইবে উদ্ধার।"

১,২,৩,৪,৫,৬ কোনো এক গভীর জঙ্গলে সে যেনো হেঁটে চলেছে চারিদিকে নানা জীব জন্তুর ডাক শোনা যাচ্ছে। সারা বোন কাঁটা গাছে ভরা। আর তার কানে বেজে চলেছে সেই পুঁথির প্রত্যেকটি শব্দ। ইন্দু সেই ঘোরের মধ্যে দিয়েই উদভ্রান্তের মতো পথে চলতে শুরু করে অনেক কাঁটা ঝোপ পেরিয়ে সে একটা ফাঁকা মাঠে এসে উপস্থিত হয়। হটাৎ দূরে সে একটা হাতি দেখতে পায়, যেটা তার দিকেই এগিয়ে আসতে থাকে। প্রথমে সে ওই বিশালাকার হাতিটি দেখে ভয় পেলেও নিজেকে সামলে নিয়ে হটাৎ তার মনে পড়ে ওই পুঁথির সংকেত গজাননের দেখা পাওয়া, উত্তরে গেলে সে যেনো নতুন এক আলোর দিশা খুঁজে পাই । আনন্দের অশ্রু ফেলতে ফেলতে সে এগিয়ে যায় ওই হাতিটির কাছে হাতিটি তাকে দেখে সুর দোলাতে থাকে এবং ওর পিঠে বসিয়ে এগিয়ে যেতে থাকে সামনের পথে। এক সরু নদী পার করে তারা এক বিরাট বট বৃক্ষের সামনে এসে উপস্থিত হয়। ইন্দু পিঠ থেকে নেমে সেই বট বৃক্ষের সামনে দাড়িয়ে তার সব বিপদের কথা বলে। সেই কথা শুনে ধীরে ধীরে বট বৃক্ষ দু ফাঁক হয়ে যায়, প্রথমে ইন্দু কিছুই বুঝতে পারেনা কি করতে হবে তরপর ধীরে ধীরে সে ওই বৃক্ষের মধ্যে প্রবেশ করলে সেখানে এক ছোট্ট মনি চকচক করছে দেখে সেটা সে হাতে নিলেই সেটা জ্বলজ্বল করে উঠে। ধীরে ধীরে এই মনির জ্যোতি কমে এলে এটা এক তাবিজে পরিণত হয়। সেই তাবিজ থেকে বেরিয়ে আসতে থাকে একের পর এক কাগজের টুকরো সেই কাগজের টুকরো গুলো তে শুধু লেখা,

মিশমিশে ওই কেশের ভেতর

লুকিয়ে পিশাচ শক্তি।

সেই এক গুচ্ছ কেশের অংশ

মায়ের যজ্ঞহুতিতে দিলেই
এই পিশাচের কবল হইতে
লেখা আছে মুক্তি।

পিশাচিনীর বিনাশ সেই চুলে । চুলের কিছু অংশ নিয়ে ঠিক এই সামনের অমাবস্যা তিথিতে মা নয়ন কালীর সামনে ওই চুল যজ্ঞাহুতি দেওয়ার পরই ওই পিশাচিনীর থেকে মুক্তি পাবে বেলতলায় জমিদার ভিটে । ঘরে আবার ফিরবে মা অন্নপূর্ণা । আর ইন্দু এখন যে জায়গায় রয়েছে সেটা কোনো দেওয়াল গাঁথা ঘর নয় ঘণও জঙ্গল । এ সবই ওই পিচাশ কামনা প্রিয়ার মায়াজাল । এই তাবিজ ইন্দুকে আসল দিক দেখতে সাহায্য করবে। আস্তে আস্তে বট বৃক্ষ আবার দুদিক দিয়ে জুড়ে যায় । ইন্দু যেনো ধীরে ধীরে আবার নিজের মধ্যে ফিরে আসে, দেখে পাশে পূর্ণা বসে কাঁদছে সে দুহাত দিয়ে বুকে টেনে নেয় পূর্ণা কে । সে জ্ঞান ফিরে নিজের হাতে সেই তাবিজের স্পর্শ অনুভব করে মনোবল ফিরে পাই ধীরে ধীরে, উঠে দাড়িয়ে পূর্নার হাত ধরে তাবিজ টিকে সামনে ধরে সে এগোতে থাকে । অন্য দিকে কামনা প্রিয়া ও ছেরে দেওয়ার পাত্রী নয় সে তার শেষ বান নিক্ষেপ করে কিন্তু কিছুই করতে পারে না সে । ইন্দু সামনে এই মায়াজাল থেকে বেরনোর রাস্তা দেখতে পাই এবং এগিয়ে চলে সেই দিকে দড়জার সামনে এসে বাইরে বেরনোর আগেই পূর্ণা কে কেউ যেনো তার থেকে ছিনিয়ে নিয়ে যায় । পূর্ণা চিৎকার করতে থাকে ওই তাবিজে শেষ লেখাটা তে যা যা লেখা ছিল তার কিছু অংশ ইন্দু পড়েনি । সেখানে এই পথ দিয়ে একজনের ই বেরোনোর উপায় লেখা ছিল । কিন্তু ইন্দু কিছুতেই এটা মেনে নিতে পারে না । সে আবারও ফিরে যেতে চায় কিন্তু তাবিজ নিয়ে সে আর কোনো মতেই ভেতরে প্রবেশ করতে সক্ষম হয়না, ভেতর থেকে ভেসে আসে পুর্ণার কান্না মুখর আর্তনাদ । ইন্দু মা আমাকে ছেরে যাসনে ইন্দু মা আমাকে ছেরে যাসনে... ইন্দু যে নিরুপায় ফেরার আর কোনো পথ নেই তাঁর, কান্নায় ভেঙে পরে ইন্দু । সে হেরে গেলো ওই কামনা প্রিয়ার অসৎ উদ্দেশ্যের কাছে না কিছুতেই না, পূর্নার মৃত্যুর বদলা সে নেবেই । শালটা গায়ে তুলে নিয়ে সে হাঁটতে লাগে । গভীর রাত চুপরি ভেজা হয়ে সে নিজ ঘরে প্রবেশ করে অন্নদা ইন্দুর এরম রূপ দেখে আতঙ্কিত হয়ে তাড়াতাড়ি ঘরে নিয়ে যায় । ইন্দু অন্নদার মুখ থেকে জানতে পারে জমিদার বাবু এখনো ফেরেননি । সে অন্নদা কে সব কথা বলে মাটিতে লুটিয়ে কান্নায় ভেঙ্গে পড়ে । অন্নদা চোখ মুছতে মুছতে বলে, 'বউরানী মা যা হওয়ার হয়েছে তুমি একটি বারের জন্য পেটের কথাটা ভাব গো", 'এই সন্তান না বাঁচলে জমিদার বাবু পুরো পাগল হয়ে যাবে গো বৌরানী মা"। অন্নদা র দিকে

উদাস চোখে এক মুহূর্তের জন্য চেয়ে হটাৎ নিজেকে সংযত করে নেই ইন্দু,তারপর নিজ ঘরে ঢুকে সঙ্গে সঙ্গে দোর দিয়ে কান্নায় ভেঙে পড়ে ইন্দু । তার কানে শুধু বাজতে থাকে ওই এক রত্তি পূর্ণার করুণ আর্তনাদ, না না সে কিছুতেই এটা হতে দিতে পারে না,সে ফিরিয়ে আনবেই পূর্ণা কে ওই পিশাচিনীর চক্রবুহ থেকে । সামনের কৌশিকী অমাবস্যার রাত হবে ওই কামনা প্রিয়ার শেষ রাত।

রহস্যে ঘেরা অমাবস্যা

দেখতে দেখতে কেটে গেছে চার সপ্তাহ। জমিদার ফিরে এসেছেন কিন্তু পূর্ণার এরম হারিয়ে যাওয়া তিনি কিছুতেই মেনে নিতে পারছেন না,সাথে ইন্দুর এরম শয্যাসায়ী থাকা। তিনি মনে মনে বেশ চিন্তিত, কেনো এমন ঘটে বারংবার, এবার সে কোনো ভাবেই ইন্দুকে হারাতে নারাজ,তাই চব্বিশ প্রহর পাহারায় রয়েছে দাস দাসী আর অন্নদা তো তার নিত্তসঙ্গী। আজ মধ্যাহ্নে ইন্দুর জ্ঞান ফিরেছে, সে বেশ কিছুটা সুস্থ,জ্ঞান ফিরে আবছা আলোয় দেওয়ালে টাঙানো ছবির দিকে তাকিয়ে অশ্রু নয়নে সিদ্ধান্ত নেই আর নয় এই রহস্য উদঘাটনে জমিদার প্রতাপ চন্দ্র কে পাশে দরকার তাঁর। তাই তিনি খবর পাঠান জমিদার বাবুকে ঘরে আসার জন্য, জমিদার বাবু এই সময় বৈঠকখানায় থাকেন। ইন্দুর খবর পেয়ে অতি সত্বর তিনি অন্দরমহলে আসেন, এবং নিজ কক্ষের সামনে এসেই উদ্বিগ্ন হয়ে করুণ স্বরে ডেকে ওঠেন, ইন্দু তোমার শরীর ঠিক আছে তো?এই কয়েক সপ্তাহ ধরেই তুমি শয্যাসায়ী আজ সকালেই শুনলাম তুমি একটু আরোগ্য লাভ করেছো আর ঠিক মধ্যাহ্নে তোমার ডেকে পাঠানোর খবর পেলুম,এই বলতে বলতে তিনি ইন্দুর সামনে এসে দাঁড়ান। ইন্দু কিছুটা ধাতস্থ হয়েই বলেন, ‘আমি ঠিক আছি জমিদার বাবু, শান্ত হোন আপনি,আমার সম্মুখে বসুন আজ আপনাকে অনেক কথা বলার আছে।” এই বলে প্রথমেই দরজায় খিল দিয়ে ধীরে পায়ে এগিয়ে আসে প্রতাপ চন্দ্রের সন্মুখে। এক এক করে সব কথা জমিদারের কাছে ইন্দু তুলে ধরে, তার পূর্বপুরুষ বড়মার আসল পরিচয় এই বাড়ির অভিশাপ সব। তাঁর পিতার ভয়াবহ মৃত্যু কাহিনী। একের পোড় এক ঘটনার বিবরণে প্রতাপ চন্দ্র যেনো আকাশ থেকে পড়েন। তিনি বিচলিত হয়ে হতভম্বের মতো ইন্দুর বাহু যুগল নিজের কাছে টেনে চোয়াল শক্ত করে বলে ওঠেন, ‘এই এতো সব তুমি কিভাবে জানলে ইন্দুলেখা আর এত সব ঘটনা আমার অগচরে এতকাল ছিলই বা কি করে ইন্দু!” তিনি উদভ্রান্তের মত পায়চারী করতে করতে নত মস্তকে বারংবার মাথা ঝাঁকাতে থাকেন। বল ইন্দু বল??বড়মা কে আমি আমার মায়ের আসনে বসিয়েছিলাম আর সেই বড়মা!!তিনি নিজ মাথার দুই দিক চেপে ধরে চিৎকার করে ওঠেন, উফ্ পারছিনে পারছিনে মেনে নিতে। আমার ভীষণ কষ্ট হচ্ছে ইন্দু লেখা। তুমি আমায় কি শোনালে গো নানা এ সব সত্য নয় হয়তো ;তোমাকে বিভ্রান্ত করা হয়েছে। হঠাৎ নিজেকে কিছুটা সামলে তিনি চোখ বিস্ফারিত করে বলেন,এ তুমি কি বলছ বড়মা

নিজ হাতে এই কদিন তোমার সেবা করে আজই কীর্ত্তন শুনতে ভিন গায়ে গেলেন। আর সেই বড়মার সমন্ধে তুমি এমন কু কথা কি করে বলছ ইন্দু! এমন মতিভ্রম তোমার হল কি করে? আচ্ছা বুঝেছি তুমি শয্যাশায়ী থাকাকালীন দুঃস্বপ্ন দেখেছো,সব ঠিক হয়ে যাবে দেখো। তুমি আর কটা দিন যেতে দাও। স্থির ভাবে সব এক মনে শুনে যায় ইন্দু, তারপর আরও দৃঢ় চেতার সাথে বলে না জমিদার বাবু, আমার কোনোও মতিভ্রম হয়নি, না আমি কোনো দুঃস্বপ্ন দেখেছি। যা ঘটেছে তার সবই বাস্তব, এই বলে নিজ আঁচলের বাঁধন খুলে একখানা চিঠি প্রতাপ চন্দ্রের হাতে দিয়ে খুব শান্ত স্বরে নত মস্তকে ইন্দু বলে,'বহু দিন আগে যা আপনার দেখার কথা আজ সেই চিঠি আপনি দেখছেন।" জমিদার প্রতাপ চন্দ্র সেই চিঠি খুলতেই তার দ্বিতীয় স্ত্রীর নাম চোখে পড়তেই তার মুখে নেমে আসে কালো ছায়া। তিনি ছল ছল দুই নয়নে আবছায়া চিঠির অর্ধেকাংশ পরেই অশ্রু নয়নে তিনি হৃদয় ভাঙা বুকে মাটিতে আঁচড়ে পরে নিজেকে ধিক্কার জানাতে থাকেন, ছি ছি ছি!!! আমি কতই না বঞ্চনা করেছি তোমাই প্রিয়া, অভিমান করে শেষ দেখা টুকুও দেখিনি তোমাই,তাহলে আজ হয়তো এমন পরিণতি হতো না,এই বলে নিজের দুই বাহু দিয়ে মাটিতে আগাধ করতে থাকেন ক্রমাগত। প্রতাপ চন্দ্রের এমন পরিণতি দেখে ইন্দু বিচলিত হয়ে ধীর পায়ে ওনার ঘাড়ে হাত রেখে বলে শান্ত হন আপনি,নিজেকে সামলান,সামনে অনেক বড় পরীক্ষা আমাদের শেষ করতে হবে। প্রতাপ চন্দ্র মাথা তুলে তাকাতেই তাঁর চোখ দিয়ে যেনো আগুণের ফুলকি বেরোতে থাকে, রাগে ঘৃণায়। নিজ মনে বলে চলেন ছাড়বোনে ছাড়বোনে ওই ভেক ধারী পিশাচিনী কে.. যে আমার মায়ের মৃত্যুর জন্য দায়ী আমার নবাগত নিষ্পাপ সন্তানের মৃত্যুর কারণ,আমার সরল সিধা স্ত্রী দের আমার থেকে দূরে করেছে, এতো কষ্ট দিয়ে তাঁদের প্রাণ কেড়ে নিয়েছে, কিছুতেই এই পিশাচিনী কে ছাড়বো নে আমি। কথা গুলো এক নাগাড়ে বলতে বলতে,'ইন্দুকে জড়িয়ে ধরে আশ্বাস দেন আমি বেঁচে থাকতে আর এক বিন্দুও তোমার আর আমাদের নবাগত সন্তানের ক্ষতি আমি হতে দেবো নে।" এই বলে ঘর ছেরে বেরিয়ে যেতে গেলে ইন্দু হাত দুটো ধরে কাতর স্বরে বলে ওঠে, 'দোহায় আপনার হঠকারিতার বসে কোনো সিদ্ধান্ত নেওয়া এখন আমাদের সকলের জন্যই মহা বিপদজনক,আপনি মাথা ঠান্ডা করুন।" এই সব ঘটনা আপনার কাছে ব্যক্ত করার একটাই কারণ আমার, এই কাজে আপনাকে পাশে পাওয়া আর এখন আপনিই যদি রাগের বসে কিছু সিদ্ধান্ত নেন তাহলে ওই বড়মা অতি চতুর, সব জেনে গেলে আর কিছুই সম্ভব নয় জমিদার বাবু। আমি একটা পরিকল্পনা করেছি, এই বলে ইন্দু জমিদারকে সবটা ধীরে ধীরে বলে,জমিদার বাবু এই পরিকল্পনায় সম্মতি দিয়ে ইন্দুর হাত দুটো ধরে অশ্রু

জর্জরিত গলায় বলেন, ‘তোমার যা যা করতে হয় তুমি করো আমি তোমার পাশে আছি ইন্দু ।” ইন্দু বলে, ‘জমিদার বাবু আপনি গুরু বাবার সাথে যোগাযোগ করুন,উনি আমার পিতার কাছে সমস্ত বলে গিয়েছিলেন কিন্তু তার আগেই ওই পিশাচিনী ওনাকে হত্যা করলেন ।" প্রতাপ চন্দ্র ইন্দুর দুই হাত নিজ হাতের ওপর নিয়ে খুব ধীর ভাবে বলেন, ‘তুমি চিন্তা কোরো নে ইন্দু, আমি আজই রাত্রে নায়েব মশাই কে নিয়ে নবদ্বীপ রওনা হচ্ছি, ওনাকে সঙ্গে নিয়ে ফিরব ।”

জ্যৈষ্ঠের তীব্র দাবদাহে অন্তিম ঘটিয়ে আষাঢ় মাসের ঘনঘটায় বর্ষা নেমেছে ধরিত্রীর বুকে । চারিদিক জলে থই থই । সন্ধ্যা থেকেই শুরু হয়েছে মুষল ধরে বৃষ্টি । ইন্দু জানলার কপাট লাগাতে লাগাতে চিন্তায় মগ্ন, এই বৃষ্টি মুখর সন্ধায় কি ভাবে জমিদার বাবু আর নায়েব মশাই রওনা দেবেন এমন সময় প্রতাপ চন্দ্র ঘরে প্রবেশ করতেই ইন্দু বলে, আপনারা এই বৃষ্টিতে! কথা সম্পূর্ণ হওয়ার আগেই প্রতাপ চন্দ্র বলেন, তুমি চিন্তা করো নে ইন্দু, সব ব্যবস্থা করে এয়েচে নায়েব জ্যাঠা । ইন্দু এই শুনে কিছু আশ্বস্ত হয়ে মনে মনে ।

সন্ধ্যে পড়তে পড়তেই নায়েব মশাই কে নিয়ে প্রতাপ চন্দ্র নবদ্বীপের উদ্দেশ্যে রওনা হন । ইন্দু বলে, ‘সাবধানে যাবেন, কোন কাক পক্ষীটি ও যেনো টের না পায় ।“ চিন্তা কোরো নে ইন্দু, এই কথা খান বলেই, দুই জনে বেরিয়ে পড়েন গুরুবাবার আশ্রমের উদ্যেশ্যে, বর্ষার দাপটে চারিদিকে কনকনে ঠাণ্ডা হাওয়ায় গাছের পাতা গুলোতে শন শন আওয়াজ হচ্ছে জোরে জোরে । এই হাড় কাঁপানো চিনচিনে ঠান্ডায় এগিয়ে চলেছে তাদের ঘোড়া গাড়ি টগবগ করে ।

আশ্রমে পৌঁছে কাল বিলম্ব না করেই প্রতাপ গুরু বাবা সাথে দেখা করে সব জানাই । গুরু বাবা দক্ষী নারায়ণ প্রতাপ দের দেখা মাত্রই বলেন, এসো বাবা প্রতাপ আমি তোমাদের আসার অপেক্ষাই ছিলাম । এক এক করে সব শুনে বলেন, ‘বাবা প্রতাপ এ সবই একের পর এক ঘটবে এ পূর্ব নির্ধারিত আমি সবই জানতুম ।“ তবে সময়ের পূর্বে কিছুই সম্ভব নয় তাই আমি অপারক ছিলুম বাবা প্রতাপ। তবে এবার সময় ঘনিয়ে এয়েছে ওদের বিনাশের আমি যথা সাধ্য চেষ্টা করবো তোমাদের সহায়তা করার । তবে আসল কাজ করবে তোমার স্ত্রী ইন্দু মা । কিছুক্ষণ চুপ থেকে গম্ভীর চিন্তিত

ভাবে প্রতাপ কে বলেন, 'বাবা প্রতাপ এক মহা যজ্ঞের আয়োজন করতে হবে।" প্রতাপ শোনা মাত্রই বলে, 'বাবা আপনি চিন্তা করবেন নে,আমি সব আয়োজন করে ফেলবো গুরু বাবা। আপনি শুধু আদেশ করুন।" গুরু বাবা দক্ষী নারায়ণ চিন্তান্বিত ভাবে বলেন, 'তিনি যে যজ্ঞ করবেন সেই যজ্ঞ কোন সাধারণ যজ্ঞ নয়। এই যজ্ঞ করতে একান্ন জন এমন পুরোহিত দরকার যাঁদের কন্যা সন্তান ইন্দুর মত পূর্ণ জন্ম লগ্নে জন্মেছে। কপালে রয়েছে অর্ধ চন্দ্রকার তিলক। এবং যে নারীর গর্ভে জন্মেছে তাঁর এই সন্তান ই যেনো প্রথম সন্তান হয়, সাথে তার পিতা কে হতে হবে এক নিষ্ঠ ন্যায় পরায়ণ ব্রাহ্মণ। তবেই সে ওই একান্ন জন পুরোহিতের একজন হিসাবে নির্বাচিত হতে পারবেন।" এই অল্প সময়ে এদের খুঁজে বার করা প্রায় অসম্ভব, আবার এই সামনের অমাবস্যার রাতে যদি এই যোগ্য না করা হয় তাহলে ওই কামনা প্রিয়া আর ধৃত নাথের ক্ষমতা চিরতরে এই পৃথিবীর বুকে বিরাজমান হবে। সেই দিন থেকে শুরু হবে পৃথিবীর ওপর তাঁদের রাজত্ব। শুভ শক্তি দুর্বল হয়ে পড়বে ওদের ক্ষমতার জোরে। প্রতাপ সব শুনে অসহায়ের মতো নিরাশ গলায় বলে, 'গুরু বাবা এর থেকে বেরোনোর রাস্তা??" গুরু বাবা বলেন, 'চিন্তা কোরো নে বাছা," তোমরা দুদিন এই আশ্রমে থাকো আমি লোক পাঠাচ্ছি ভিন গাঁয়ে। এখন তোমরা বিশ্রাম করো কাল সকালে কথা হবে, এই বলে গুরু বাবা চলে যান। নানান চিন্তায় সেই রাতে প্রতাপের কিছুতেই ঘুম আসে না। ভোরের দিকে তন্দ্রাচ্ছন্ন হয়ে পড়লে এক সন্ন্যাসীর ডাকে চোখ মেলে তাকায়। সেই সন্ন্যাসী জানান,গুরু বাবা আপনাদের সকালের জল খাবার খেয়ে ওনার ঘরে ডেকে পাঠিয়েছেন। উনি এখন ধ্যানে বসার পূর্বে আপনাদের সাথে গুরুত্বপূর্ণ কিছু কথবার্তা সেরে রাখতে চান। প্রতাপ সব শুনে বলেন, 'আজ্ঞে আমি আর নায়েব মশাই কিছু ক্ষণের মধ্যেই ওনার ঘরে উপস্থিত হচ্ছি।" সন্ন্যাসী চলে যায়। প্রতাপ কিছু বাদে গুরু বাবার ঘরে গিয়ে জানতে উদগ্রীব হন। গুরু বাবা জানান, 'তিনি খোঁজ নিয়েছেন কোন কোন গ্রামে এমন কন্যা রয়েছে। সেই মতো জায়গায় প্রতাপ কে তাঁদের সাথে গিয়ে দেখা করে গুরু বাবার দেওয়া চিঠি নিজ হাতে দিয়ে বেলতলা গ্রামে পদ ধূলি দেওয়ার নিমন্ত্রণ জানিয়ে আস্তে হবে।" তাঁরা যেনো গুরু বাবার চিঠি নির্দেশ মেনে যথা সময়ে হাজির হন। প্রতাপ গুরুবাবার কথা মত নিজ কাজ সেরে নিজ গ্রামে ফিরে যান। প্রতাপের ফেরার আগে গুরুবাবা জানান, তিনি সামনের অমাবস্যার দিন যথা সময় হাজির হবেন বেলতলা গ্রামে। তার আগে এক মন্ত্রপুত জল দিয়েছেন রোজ গোটা বাড়ির চারিধারে সন্ধ্যে লাগোয়া হতেই ছড়িয়ে দেওয়ার জন্য। শনিবার

মাঝে দুটো দিন দেখতে দেখতে কেটে গেছে এখন বড়মার ফেরার অপেক্ষা শুধু মাত্র।

পরদিন ভোরবেলা বড়মা ফিরে এসে এক দাসী মারফৎ জানতে পারেন ইন্দুর জ্ঞান ফিরে এসেছে, এই শুনে ফ্যাকাশে মরা মাছের মতো চোখ দুটোয় আগুণের ফুলকি জ্বালিয়ে কয়েক মুহূর্তেই আবার স্বাভাবিক হয়ে বলেন, 'তা বেশ ভালো খবর শোনালি তুই লতা"। যাক গৃহের শান্তি ফিরবে,আহারে বাছা আমার প্রতাপ টার করুণ দশা আর দেখা যাচ্ছিল নে চোখে। এর মাঝেই লতা বলে, 'তবে আর এক নতুন বিপত্তি ঘটেচে যে বড়মা।" কামনা প্রিয়া বিস্ময়ের চোখে তাকিয়ে বলেন, 'তা লতা আবার কি নতুন বিপত্তি ঘটলো শুনি বাছা?" লতা আমতা আমতা করতে করতে বলে, ' সুস্থ হয়েচেন ঠিকই, কিন্তু নতুন বউ আগের সব কথা ভুলে গেচেন এমনকি জমিদার বাবুকেও।" কবিরাজ মশাই ওনাকে জোড় করে কিছু মনে করাতে বারণ করেচেন। এ নাকি বড় কোনো দুর্ঘটনা বা অনুশোচনা থেকে ঘটেচে। তাই হটাৎ করে কিছু মনে করাতে গেলে ওনার হৃদরোগ হয়ে মৃত্যু পর্যন্ত হতি পারে গো। এ কি বল হে বাছা? আর কি বলচি বড়মা! কি কান্ডি যে ঘটে চলেচে একের পর এক কে জানে বাপু। সব শুনে কামনা প্রিয়ার চোখে মুখে আবার এক আনন্দের জয়ের হাসি দেখা যায়। মনে মনে সে ভাবে মেঘ না চাইতেই জল দেখচি কপালে আমার, এতে তো তাঁর সাপে বর হল বরং। তিনি নিজেকে স্বাভাবিক করে বলেন, 'আচ্ছা আমি যায় তাহলে নতুন বউয়ের ঘরে একবার দেখে আসি বেচারীকে।" এ সব কথা দেওয়ালের আড়াল থেকে অন্নদা শুনে তাড়াতাড়ি যায় ইন্দু কে জানাতে, বড়মা ইন্দুর ঘরে যাওয়ার আগেই। ইন্দু মনে মনে ছক কষে ফেলে পরবর্তী কি পদক্ষেপ সে নেবে। ঘরে বড়মা আসা মাত্রই ইন্দু দৌড়ে গিয়ে মা মা বলে বড়মা কে জাপটে ধরে। বলতে থাকে ও মা ও মা তুমি কোথায় ছিলে গো আমায় ছেড়ে, জড়িয়ে ধরতেই কামনা প্রিয়ার গা দিয়ে এক বিদঘুটে আঁশটে গন্ধ তার ঘ্রাণের সাথে মিশতে ই ইন্দুর এক মুহুর্তের জন্য যেনো গা গুলিয়ে ওঠে, কিন্তু সে কোনোভাবেই তা প্রকাশ্যে আনে না। এই বাড়িতে আমার এক মুহূর্তও থাকতে ভালো লাগে নে মা, সবাই খুব অদ্‌ভূত কিম্‌ভুত ; ইন্দু এই বলে ভ্যাঁ ভ্যা করে কাঁদতে শুরু করে,কামনা প্রিয়া ইন্দুর এমন আচরণে হতভম্ব হয়ে কয়েক মুহূর্ত দাঁড়িয়ে তাকিয়ে থাকেন ইন্দুর মুখ পানে চেয়ে। ইন্দুর সব কর্ম কাণ্ড যেনো তিনি যাচাই করে নিতে চান। জমিদার প্রতাপ চন্দ্র কামনা প্রিয়ার ফিরে আসার খবর পেয়েই ঘরে এসে হাঁফাতে হাঁফাতে বলেন, বড়মা তুমি এয়েচ! যাক

এবার একটু শান্তি! সেই যে তুমি বাড়ি থেকে বেরোলে তারপর থেকেই ইন্দু কিছুটা সুস্থ হতেই তোমার কথা বলতে থাকে। সবাইকে এক প্রকার অতিষ্ঠ করে তুলেছিল এই মেয়ে। এবার তুমি সামলাও দিকি এই মেয়ে কে, আর পারিনে আমি। এই সময় এমন করলে ওর সাথে সাথে বাচ্চার ও ক্ষতি সেটা বোঝেই না। তারপর স্মৃতি লোপ,বড় মা কে সব জানায়,কিন্তু একি কাণ্ড ইন্দু বড় মা কে কিছুতে নিজ ছাড়া করতে রাজী নয়, অজ্ঞতা বড়মাকে ইন্দুর সাথেই এই ঘরে থাকতে হবে এই ঠিক করা হয়। মনে মনে বড় মা কিছু খুশিও হউন, তাঁর কালো জাদুর ওষুধ খাওয়াতে সুবিধে হবে বৈকি। ঐদিকে ইন্দু তার পরিকল্পনা মাফিক অভিনয় চালিয়ে যেতে থাকে। একদিন রাত্রি বেলা সে জোর করে বড়মার চুল খুলতে বাধ্য করে। নাছোড়বান্দা ইন্দুর জ্বালায় বড় মা চুল খুলতে গিয়েও কিছু একটা ভেবে আবার চুলে খোপা বানিয়ে শুয়ে পড়েন কিন্তু শেষে বাধ্য হয়ে চুল খুলে দেখাতেই ইন্দু ইচ্ছাকৃত বলে ওঠে ও মা তোমার কত চুল! কি সুন্দর , কি মিষ্টি ফুলের গন্ধ চুলে, মাটি দাও নাকি চুলে? এই বলে বড়মার চুল নিয়ে বিনুনি করার ছলে খেলতে খেলতে একটা কাঁচি দিয়ে ওনার অগোচরে কোনক্রমে চুলের ডগা থেকে কিছুটা চুল কেটে ফেলে তাড়াতাড়ি। তারপর হায় তুলে ভীষণ ঘুম পাচ্ছে বলে শুয়ে পরে। পরদিন ভোর বেলা বড় মা ঘর ছেড়ে বেরোনো মাত্রই সেই কাটা চুল একটা কাপড়ে মুড়ে অন্নদা দিকে দিয়ে মন্দিরে পাঠিয়ে দেয় ইন্দু। কারণ দুদিন পর অমাবস্যা বেশী দেরি নেই আর। ওদিকে রোজ রাতে বড়মা ইন্দুর কাছে শুতে এসে এক বিশেষ শরবত ইন্দুর জন্য বানিয়ে নিয়ে আসেন। নানা ছলে কামনা প্রিয়ার আড়ালে সেই সরবত জানলা দিয়ে ফেলে বড়মার অসৎ কাজে জল ডেলে কোনো ক্রমে বেঁচে যায়। তবে ওই শরবত খাওয়ায় ভান করে ইন্দু বড়মার কাছে কখনো বলে বমি পাচ্ছে কখনো আবার মাথা ঘোরাচ্ছে এই বলে বোঝাই সে ওই শরবত পুরো পান করেছে। ইন্দুর এমন প্রতিক্রিয়ায় কামনা প্রিয়া বলেন, 'যাক জড়িবুটি কাজ করেছে তাহলে।" এইভাবে দেখতে দেখতে কেটে যায় দুই দিন।

আজ কৌশিকী অমাবস্যার সেই রাত। সকাল থেকেই আকাশ কেমন গুম মেরে আছে যেনো কোনো ইঙ্গিত দিচ্ছে শুভ অশুভ লড়াইয়ের। সন্ধ্যার কিছু আগেই অন্ধকার নেমে এসেছে ধরিত্রীর বুকে। পশ্চিমের আকাশে এখনো খানিকটা অস্তগত সূর্যের রক্তিম আলো ছড়ানো। তবে সেই চিহ্ন মুছে ফেলতে হু হু করে বিরাট এক কালো মেঘ ধেয়ে আসছে। সব প্রস্তুত ; নায়েব মশাই আগে থেকেই সব ব্যবস্থা করে রেখেছেন মন্দির চত্বরে। গুরু বাবা

দক্ষিণারায়ণ এসে পড়েছেন তবে জমিদার ভিটে তে তিনি ওঠেন নি, তিনি ইন্দু লেখার বাপের গৃহে উঠেছেন। প্রতাপ চন্দ্র ওনার আথিতিয়তার যথাযথ ব্যবস্থা করেছেন এই কঠিন সময়েও। যথাসময়ে মন্দির প্রাঙ্গণে হাজির হবেন গুরু বাবা। বড় মা আজ আবার ভিন গায়ে তাঁর কীর্ত্তন শুনতে গেছেন, আসলে তিনি কোথায় সেটা সবার জানা। দেখতে দেখতে সন্ধ্যে নামলো। ইন্দু লাল পাড় সাদা শাড়ি পড়ে মন্দিরে আগে থেকেই সব ব্যবস্থা করে বসে আছে গুরু বাবার অপেক্ষায়, নবদ্বীপ থেকে গুরু বাবা এসেছেন এই বিশেষ যজ্ঞের জন্য। ঠিক ৬টা বেজে ২০মিনিটে অমাবশ্যার লাগবে তারপর ই শুরু হবে আসল কাজ। ওদিকে অন্দরমহলে জমিদার প্রতাপ চন্দ্র কামনা প্রিয়ার আসার অপেক্ষায় পায়চারী করছেন। আকাশে যেনো আজকের এই কর্মকাণ্ডের সব খবর আগে থেকেই পৌঁছে গেছে, পাখিরা অনেক আগেই ফিরে গেছে নিজ বাসায়। অন্যদিকে মাঝে মাঝে শেয়ালের আওয়াজ ভেসে আসছে পেছনের জঙ্গল থেকে। সে যেনো সবাই কে আরও সজাগ করে জানিয়ে দিলো বিপদের আভাস। আজকের রাত চিরস্মরণীয়। অমাবস্যায় কালো মেঘে ঢাকা আকাশ যেনো আরো কালো হয়ে গুম মেরে বসে আছে আজকের এই কালো অধ্যায়ের অবসানের। মাঝে মাঝে বজ্রপাতের সাথে সাথে বিদ্যুৎ চমকানোর আওয়াজ ক্ষণিকের আলো করে বিদায় নিচ্ছে। ইন্দুর মন বড় উচাটন! কি হবে আজ রাতে! এখনো অবধি তো সব ঠিকঠাক আছে। পূর্ণার ওই নিষ্পাপ মুখ খানা জল ছবির মতো বারবার ভেসে উঠছে! এইসব ভাবতে ভাবতে অন্যমনস্ক হয়ে পড়েছিল ইন্দু! সাময়িক ভাবে তার চেতন ফিরে অন্নদা দি র ডাকে, 'ও বৌরানী মা ;ওই শয়তান এসে পড়েছে তোমাকে জানাতে বলল বড় বাবু।" ইন্দু শোনা মাত্রই গুরু বাবাকে জিজ্ঞেস করেন আর কত সময় বাকি গুরু বাবা? আসল লোক অন্দরমহলে হাজির হয়েছেন। ওনার অজান্তেই শুরু করতে হবে প্রাথমিক ধাপ, হ্যাঁ মা সময় হতে আর ৩মিনিট বাকি,আমি সব গুছিয়ে নিয়েছি,তুমি এই জল চারিদিকে ছিটিয়ে দাও আগে,জাতে ও এই চত্বরে প্রবেশ করতে না পারে কিছুতেই। কারণ মা নয়ন কালীর প্রাণ প্রতিষ্ঠান না হওয়া অবধি ও এইখানে এসে জায়গা অপবিত্র করলে কার্জ সম্পন্ন করা অসম্ভব। ওই একান্ন জন পুরোহিত গোল হয়ে মৃত্যুঞ্জয় মন্ত্র জপ করছেন এক নাগাড়ে।

'ওঁ ত্রম্বকম যজামহে সুগন্ধিং পুষ্টি বর্ধনম।। ঊর্বারু কমিব বন্ধনাৎ মৃত্যুমক্ষীয় মামৃতাৎ'।। ...

যতক্ষণ এই যজ্ঞ চলবে ততক্ষণ এই মন্ত্র যপ করে যেতে হবে তাঁদের।এক মুহূর্ত থামলে চলবে না। ইন্দু গুরু বাবার কথা মত চারিদিকে সেই মন্ত্রপূত জল ছিটিয়ে দিয়ে যজ্ঞের সামনে বসে পড়ে, কিন্তু একি জমিদার বাবু এখনো আসছেন না কেনো!! সময় যে হয়ে এলো, মিশমিশে কালো আঁধারে

শুরু হল পুজো। ইন্দু মন প্রাণ দিয়ে মা অন্নপূর্ণার স্মরণ করে। যে করেই হোক এই ভিটে তাকে পাপ মুক্ত করতেই হবে। ওইদিকে অন্দর মহলে ইন্দু কে না দেখতে পেয়ে বড়মা অস্থির হয়ে পড়েন। মনে মনে ভাবতে থাকেন কোথায় গেলো ইন্দু?? এই এত রাতে! তিনি মনে মনে অস্থির হতে থাকেন। চিৎকার করে বাকি দাস দাসীদের ডাক দিলেও কোনো সাড়া পান না কারণ পূর্ণা আগে থেকেই ওদের নিজ নিজ গায়ে পাঠিয়ে দিয়েছে আজকের জন্য। শুরু হয় তাণ্ডব, যেনো আজ সব ভাসিয়ে নিয়ে যাবে। চারিদিকে গাছপালা দুমড়ে মুচড়ে ভেঙে পড়ছে কিছু গ্রামবাসী আগে থেকেই মন্দির চত্বরে উপস্থিত থাকায় তারা এই বিভীষিকা ময় তাণ্ডব দেখে ভয়ে পেছনে মন্দিরে লুকিয়ে পড়ে,ওদিকে বড়মা বুঝতে পারে ইন্দু তাঁর বিরুদ্ধে কোনো কর্মকাণ্ড করে চলেছে তার অলক্ষ্যে,অস্তিত্ব মেটানোর জন্য এই ভেবে তিনি রাগে ক্ষোভে ফুঁসে ওঠে অট্টহাসি হাসতে থাকেন। কি ভেবেছো তুমি ইন্দু! ওই তো এক রত্তি মেয়ে, তোমার এত শক্তি এই বলে হো হো করে হাসতে থাকেন। এই আওয়াজে ঘরের দেওয়াল যেনো কম্পিত হতে শুরু করে তারাও যেনো ভীত। এত বাতাসে যজ্ঞের আগুন নিভে যাওয়ার জো, গুরু বাবা চিৎকার করে বলেন, 'ইন্দু মা সব অশুভ শক্তি এক জোট হয়ে এই ঝড়ের সৃষ্টি করেছে, যাতে আমরা এই যজ্ঞ সম্পন্ন করতে না পারি। তুমি মা অন্নপূর্ণা কে ডাকতে থাকো," ইন্দু এই কথা শুনে মাটিতে আছড়ে পরে চিৎকার করে বলে ওঠে, মা তুমি কোথায়!! রক্ষা কোরো মা রক্ষা কোরো।" তোমার প্রাণ প্রতিষ্ঠা না হলে যে ওই পিশাচ কিছুতেই বশে আসবে না মা ও সব ভন্ড করে দেবে মা,তুমি আমাকে শক্তি দাও। এই বলে ইন্দু গ্রামের বাকি মহিলাদের নিয়ে ওই মন্ত্রপূত জলের চারিদিক ঘিরে মা দুর্গার নাম জপ করতে শুরু করতে না করতেই সেই মুহূর্তে বড়মা এসে হাজির। উনি হিতাহিত জ্ঞান হারিয়ে দৌড়ে মন্দিরে উঠতে গেলে মন্ত্রপূত জলের রেখায় বিদ্যুতের মত আঘাত খেয়ে ছিটকে মাটিতে পরে যান। আর গভীর আক্রোশে চিৎকার করে বলতে থাকেন, 'কি ভেবেছিস তোরা মুর্খ আমাকে শেষ করবি কিছুতেই পারবি নে,আমার জোট শক্তি এটা হতে দেবে নে"। দেখ!! দেখ অদূরে কে দাঁড়িয়ে তোদের কাল!! ইন্দু ও গ্রামের সবাই পিছন ঘুরে তাকাতেই দেখে সত্যিই অদূরে দাড়িয়ে বিশালাকার চেহারার এক দ্বৈত্য .. মুখের দাড়ি বুক পর্যন্ত নেমে এসেছে, চোখ দুটো যেনো জ্বলন্ত আগুনের ভাটা, যেনো বহু বছরের হিংসা, বিদ্বেষ, আক্রোশ পোষণ করা রয়েছে ওই চোখ দুই জুরে। ঠোঁটে ক্রুর হাসি, হাতে সদ্য বলি দেওয়া এক মহিষের মুন্ড .. এই দৃশ্য দেখে প্রায় সকলে ভয় পেয়ে পালাতে গেলে গুরু বাবা বলেন, 'কেউ নিজের জায়গা থেকে নড়বে নে, নইলে প্রত্যেকের মৃত্যু নিশ্চিত।" যতক্ষন এই গম্ভির

ভেতরে রয়েছ্ ততক্ষন কোন ক্ষতি করতে পারবে নে ওই পিশাচিনী আর ওর ওই পাষণ্ড সঙ্গী। সবাই ভয়ে ভয়ে যে যার জায়গায় স্থির হয়ে দাঁড়িয়ে পরে। অপর দিকে কামনা প্রিয়া চিৎকার করে বলে,'ওই এক রত্তি মেয়ে আমার কিছু ক্ষতি করতে পারবে নে,এই বলে তিনি নিজ চুলের বাঁধন এক ঝটকায় খুলে ফেলে।" চুলের ভেতর লুকিয়ে থাকা সব শক্তি দিয়ে আকাশ ভেদ করে সৃষ্টি করে বজ্রপাত সহ বৃষ্টি সাথে ঝোড়ো হাওয়া। চারিদিকে শুরু হয় প্রচণ্ড ঝড়! ইন্দু জড়ো হওয়া তেরো জন এয়ো স্ত্রীকে নিয়ে মন্ত্রপূত জলের চারিদিকে গোল হয়ে ঘিরে মা কালীর মন্ত্র জপ শুরু করে। অন্য দিকে পিশাচিনী আরো রেগে গিয়ে সেই গণ্ডি অতিক্রান্ত করতে আসলে ছিটকে পড়ে মাটিতে বারংবার,ও দিকে গুরু বাবা দক্ষিণারায়ণ জোরে জোরে মন্ত্র পড়া শুরু করেন...

ওঁ ক্রীং ক্রীং হ্রুং হ্রুং হিং হিং দক্ষিণে কালীকে ক্রীং ক্রীং ক্রীং হ্রুং হ্রুং হ্রীং হ্রীং হ্রীং স্বহা। ধর্মার্থমোক্ষদে দেবী নারায়ণী নমোস্তুতে। ' 'ওঁ ক্রীং কাল্ল্যে নমঃ।

যেনো অশুভ শক্তি কিছুতেই হেরে না যায় এই অশুভ শক্তির কাছে, তাঁর জন্য ওই পিশাচিনী কামনা প্রিয়া ধারণ করেন তার বিভীষিকা ময় রণমূর্তি। সবাই হা হয়ে তাকিয়ে দেখতে থাকে, ওই পিশাচিনী তাঁর ওই মিশমিশে কালো চুলের বেনুনি দীর্ঘ থেকে দীর্ঘতর করতে থাকে তাঁর সমস্ত অশুভ ক্ষমতা প্রয়োগ করে। যত চুলের ওই সাপের মত বিনুনি দুলতে দুলতে বড় হতে থাকে তত এই পৃথিবী যেনো কেঁপে কেঁপে ওঠে, দুলতে শুরু করে চরিদিক। এই দৃশ্য দেখে গ্রামের সকলে হতচকিত হয়ে ভয়ে গুটিয়ে গেলে ওই ঝড়ের দাপটে ছিটকে পড়ে একে অপরের গায়ে। কারো মাথা ফেটে ঝরতে থাকে অঝোরে রক্ত। চারিদিক দিয়ে ইট, পাথর ছুটে আসতে থাকে মন্দির চত্বরে। একটি পাথর এসে গুরু বাবার হাতে আঘাত করলে তাঁর হাত দিয়ে দরদর করে রক্ত পড়তে শুরু করলেও তিনি মন্ত্র জপ থামান না কারণ তিনি ভালো করেই জানেন এ সবই ওই পিশাচিনীর ক্রিয়াকলাপ। যখন কিছুতেই কিছু সম্ভব নয় ঠিক সেই মুহূর্তে ওই পিশাচ ইন্দুর দুর্বল জায়গায় আঘাত হানে। সে মায়াবী ছলনায় পূর্ণার রূপ নিয়ে মায়া কান্না দ্বারা ইন্দু কে বশ করে ফেলে। দূরে দাঁড়িয়ে এক ছোট্টো কন্যা মিষ্টি আদুরে গলায় ডেকে চলেছে, 'ইন্দু মা ইন্দু মা আমাকে বাঁচাও "যেনো ওই আর্তনাদ পূর্ণার। গুরু বাবা যজ্ঞের পূর্ব মুহূর্তে বারংবার বারণ করেছিলেন। ওই পিশাচিনী এই যজ্ঞের বাধা সৃষ্টির জন্য নানান ছলা কলা করে সকলের মন বিভ্রান্ত করতে চেষ্টা করবে,কিন্তু তাঁর ছলা কলা তে বিভ্রান্ত হলে চলবে না কিছুতেই। বিশেষ করে ইন্দুর দূর্বল জায়গায় সে তার

মায়াবী বান প্রয়োগ করবে বারবার, কিন্তু ইন্দু কে সজাগ থাকতে হবে প্রতি পদক্ষেপে, বুঝতে হবে কোনটা সঠিক আর কোনটা বেঠিক। ইন্দু সব ভুলে এগিয়ে চলে পূর্নার ডাকে, কোন কিছুর উপেক্ষা না করে। গুরু বাবা বারংবার নিষেধ করেন, 'যেও না মা ইন্দু,ও তোমার পালিত কন্যা নয়।" ইন্দু আকুল হয়ে বলে,'কিন্তু বাবা ও যে আমাকে মা মা করে করুন ভাবে ডাকছে এত আদুরে গলায়, আমি চিনতে কেমন করে ভুল করি এ গলার স্বর"? গুরু বাবা শান্ত গম্ভীর স্বরে আবার বলেন, 'যা তুমি চোখে দেখছো সবটাই ধাঁধা,তোমার কন্যা ইহলোকে আর নেই, তোমাকে বুঝতে হবে মা ইন্দু।" ওর মায়া রূপ যা ওই পিশাচ ধারণ করে আছে তোমাকে বিভ্রান্ত করার জন্য। অন্য দিকে ক্রুর হাসি হাসতে হাসতে কামনা প্রিয়া অপেক্ষা করতে থাকে ইন্দুর ওই গণ্ডি অতিক্রান্ত করার। ওর গর্ভে যে ওর অমর হওয়ার প্রাণভোমরা বিরাজমান। আর কিছুক্ষণের অপেক্ষা তারপরই ওই প্রাণ আমার অমরত্ব দান করবে। এই ভাবতে ভাবতে তিনি ইন্দু কে মায়াজালে জড়িয়ে গন্ডির বাইরে নিয়ে আসেন। আয় .. আয় ..আয়.. ইন্দু যেনো কোনো এক মায়ায় বশবর্তী হয়ে ধীর পায়ে ক্রমে ক্রমে এগিয়ে যায় কোনো এক অজানা বিপদের মুখে। সৃষ্টি হয় ভয়াবহ এক পরিস্থিতির। ইন্দু সম্পূর্ণ জ্ঞান শূন্য, তার চেতন সব ওই পিশাচিনী গ্রাস করেছে। তার পেছনে এই কাল চক্রের আসল শিকড় নিজ কার্য শুরু করেছেন। তিনি আর কেউ নয় এই কুল বংশের কুজাত বংশধর ধৃতনাথ রায়। আকাশ অবধি আগুণের শিখা যেনো ছুঁয়ে আসছে। শুরু হয়েছে শুভ অশুভ শক্তির লড়াই। ইন্দু কে এই শিকড় উপড়ে ফেলতেই হবে, একমাত্র ইন্দু ই এই গ্রামের জমিদার ভিটে র 'রক্ষা কবজ",বল ভরসা কিন্তু একী ইন্দু তো নিজের মধ্যেই নেই। ওই কামনা প্রিয়া মায়া জাল বিস্তার করেছে ইন্দুর ওপর। প্রতাপ চন্দ্র দূর থেকে চিৎকার করে বলেন, 'যেও নে ইন্দু যেও নে।" একদিকে শুভ শক্তির জাগরণে মন্দিরে চলছে গুরু বাবার যজ্ঞ অন্যদিকে অশুভ শক্তির আহ্বানে ধৃত নাথ তাঁর কিয়াকলাপ করে চলেছে একের পর এক। প্রকৃতি এদের লীলা দেখছে।

মাটির ওপর ইন্দুর অচেতন দেহ লুটিয়ে পড়ে, মাছের মতো থেকে থেকে খাবি খাচ্ছে। কপাল ফেটে রক্ত গড়াচ্ছে। এই নির্মম দশা দেখতে না পেরে জমিদার বাবু কান্নায় ভেঙে পড়েছেন। তিনি কতটা অসহায় নিজ স্ত্রী কে এই মৃত্যু দশায় দেখেও তিনি কিছুই করতে পারছেন না,ওই কামনা প্রিয়া তাঁর দুই পা অবশ করে দিয়েছে। তাহলে কি সব শেষ! মা তুমি রক্ষা কোরো মা। প্রকৃতির বুকে গমগম করে উঠছে অট্টহাসি, অন্নদা মন্দির

প্রাঙ্গণে দৌড়ে গিয়ে হাঁপাতে হাঁপাতে গুরু বাবা কে জিজ্ঞেস করেন,' আর কতক্ষণ যজ্ঞের বাকি গুরু বাবা? ওদিকে কে ওই পিশাচিনী আর ওই তান্ত্রিক বৌরাণী মা র কি দশা করেছে চোখে দেখা যায় না যে বাবা ।" গুরু বাবা ওনার সর্বস্ব শক্তি দিয়ে আরো জোরে জোরে মন্ত্র জপ করতে থাকেন ।

ওঁ ক্রীং ক্রীং হ্রং হ্রং হিং হিং দক্ষিণে কালীকে ক্রীং ক্রীং ক্রীং হ্রং হ্রং হ্রীং হ্রীং হ্রীং স্বহা। ধর্মার্থমোক্ষদে দেবী নারায়ণী নমোস্তুতে। ' 'ওঁ ক্রীং কাল্ল্যৈ নমঃ

পিশাচিনী কামনা প্রিয়া তাঁর স্বামীর আদেশ মতো ইন্দুর পেটের চারিধারে যজ্ঞের ছাইয়ের সাথে তাজা রক্তের এক প্রলেপ মাখাতে যাবে এমন সময় মন্দিরে শোনা যায় উলধ্বনি ঘণ্টা শাঁখের আওয়াজ । মন্দির প্রাঙ্গণের বেলতলায় দেখা যায় এক তীব্র জ্যোতি চারিদিকে ছড়িয়ে পড়ছে ধীরে ধীরে.. এই আলোর তীব্রতা এত টা জোরালো যে সকলে ঠিক ভাবে তাকাতে অবধি পারছে না । সেই আলোর ছটায় আর সেই ঘণ্টা ধ্বনির আওয়াজে কামনা প্রিয়া যন্ত্রণায় আর্তনাদ করে আঃ আঃ করে চিৎকার করে ওঠে বিকট ভাবে । বলতে শুরু করে, 'আঃ আঃ পারছি নে পারছি নে, জ্বলে গেল সারা শরীর আমার । বন্ধ কর.. বন্ধ কর বলছি এই আওয়াজ, নইলে তোদের সব কটার এখানেই রক্ত পান করবো আমি, বলতে বলতে যন্ত্রনা দায়ক অবস্থাতেই অট্ট হাসি হাসতে শুরু করে ।" গোটা আকাশ,পাতাল, মর্ত যেনো কম্পিত হতে থাকে এই আওয়াজে । সাথে সাথে হটাৎ চারিদিক আলোয় ভরে ওঠে, হটাৎ ইন্দু লেখা সবাই কে অবাক করে ওই পিশাচিনী কামনা প্রিয়ার হাত এক ঝটকায় ছিটকে ফেলে দিয়ে দ্রুত উঠে দাঁড়াই । এ যেনো ইন্দুর আরেক রূপ, এ যেন মা কালীর রুদ্র রূপ, খোঁপার বাঁধন খুলে আলুথালু কেশ উন্মুক্ত বাতাসে উড়ছে, কপাল ভর্তি লাল সিঁদুরে মাখামাখি ;গোটা শরীর দিয়ে এক জ্যোতি ছিটকে বেরোচ্ছে ইন্দুর । চোখ দুটো রাগে ঘৃণায় লাল হয়ে আগুন ছিটকে বেরোতে থাকে, শুরু হয় তাণ্ডব নৃত্য, এ যেনো শুভ অশুভ লড়াই । ইন্দুর গোটা শরীর যেনো দপ দপ করে জ্বলছে রাগে । ইন্দু লেখা আজ সাধারণ কোন নারী নন, স্বয়ং মা নয়না কালীর রূদ্র রূপ । ইন্দু লেখার মধ্য দিয়ে মর্তে নেমে এসেছেন এই কালো অন্ধকার দূর করতে ধরিত্রীর বুক থেকে । অট্টহাসি হেসে কম্পিত স্বরে বলে, 'যুগে যুগে আমি এসেছি নানান রূপে সময়ে ডাকে, প্রয়োজনে আমি রুদ্র রূপিনী মা কালী হয়ে বিনাশ করেছি অসুরের আবার এই ধরিত্রীর বুকে নিজ সন্তানের ডাকে মা অন্য পূর্ণা হয়ে বিরাজমান আমিই । ওরে মুর্খ জগতে শুভ শক্তির কাছে অশুভ চিরকাল পরাজিত হয়ে এসেছে,আর

তোরা কোন ছাড়; তোদের তুচ্ছ স্বার্থের জন্য কত নিরীহ নিষ্পাপ সন্তানের প্রাণ নাশ করেছিস,শুধু অমরত্ব লাভের আশায়, এই সংসার জগতের মায়া স্বয়ং ঈশ্বর কেউ ত্যাগ করতে হয়েছে আর তুই কোন ছাড় " । এই বলে ইন্দু ধৃত নাথের হাতের খড়্গ তুলে এক কোপে ধৃত নাথের গলা নামিয়ে দেই, ছিটকে পড়ে দেহ বিহীন কাটা মুন্ড । কত মাছের মত ছটপট করতে থেকে তার মুন্ড বিহীন দেহ । কামনা প্রিয়া চিৎকার করে উঠে, প্রাণনাথ । অট্ট হাসি হাসতে হাসতে ভূমি কাপিয়ে ইন্দু নিজ বাম হস্তে ওই ধৃত নাথের কাটা মুন্ড আর ডান হস্তে ওই খড়্গ ধরে শুরু করে তাণ্ডব নৃত্য ।

'

'হুং হুং কারে শাভা রুধে নীলা নীরাজা লোচনে
ত্রৈলো-কীকা মুখে দেবী কালিকাভাই নমোস্তুতে
প্রথ্যা-লীদ্ধ পড়ে ঘোর মুন্ড মালা প্রলম্বিতে
খারভে লম্বোদরে ভীমে কালিকাভাই নমোস্তুতে ।।

নব যৌবন সম্পন্নে গজা কুম্ভো-পমস্তানি
বাগেশ্বরী শিবে শান্তে কালিকাভাই নমোস্তুতে
লোলা জিহ্ভে হরলোকে নেত্র-ত্রয় বিভুষিতে
ঘোরা-হাসবাদকরে দেবী কালিকাভাই নমোস্তুতে ।।

ব্যাঘ্রা চর্ম-বড়ধরে খড়গকত্রিকরে ধরে
কপালেন্দি ভারে ভামে কালিকাভাই নমোস্তুতে
নীলোৎপালা জটা বারে সিন্ধুরেন্দু মুখোদয়ে
সুরদ্বখত্রোষ্ট দশনে কালিকাভাই নমোস্তুতে।

প্রলয়নলা ধুমরাভে চন্দ্রসূর্যগ্নি লোচনে
শৈলবাসে শুভে মাতাহা কালিকাভাই নমোস্তুতে
ব্রহ্ম শম্ভুজা নাথোদেজা শব মধ্য প্রসংস্থিতে
প্রেতকোটি সমায়ুক্তে কালিকাভাই নমোস্তুতে ।।

কৃপা-ময়ী হরে মাতাহা সর্বশা পরী-পুরীতে
বরদে ভোগদে মোক্ষে কালিকাভাই নমোস্তুতে
কালিকাভাই নমোস্তুতে ।।"

এই তান্ডব নৃত্য করতে করতে ইন্দু উদভ্রান্তের মত চারিদিকে লাফাতে থাকে । এই দৃশ্যে প্রতাপ চন্দ্র ভয়ে শিহরিত হয়ে, চিৎকার করে বলেন, শান্ত হও ইন্দু শান্ত হও।তোমার গর্ভে আমাদের সন্তান । ওর ক্ষতি করো নে । তুমি শান্ত হও এই বলতে বলতে তিনি অনুভব করেন ওনার পায়ে আবার জোর ফিরে আসছে ধীরে ধ তিনি ওই ভাবেই কিছুটা খোঁড়াতে খোঁড়াতে দৌড়ে এসে নিজের বুকে ইন্দু কে চেপে ধরেন, হাঁপাতে হাঁপাতে বলেন,শান্ত হও এবার শান্ত হও এ তোমার স্বামীর আদেশ । এই কথা শোনা মাত্রই ইন্দু এক পলক প্রতাপ চন্দ্রের দিকে তাকিয়েই মাটিতে লুটিয়ে পড়ে জ্ঞান হারায় । প্রতাপ চন্দ্র হাটু গেড়ে বসে পড়েন আলতো হাতে ইন্দুর মাথা নিজ কোলে নিয়ে বলেন, ওঠো ইন্দু ওঠো । এখন e ভাবে জ্ঞান হারালে কি করে চলবে কেউ জল নিয়ে আসো দোয়া করে । ইন্দু জ্ঞান হারিয়েছে । পিছনে অন্নদা দি চিৎকার করতে করতে এগিয়ে এই, কর্তা বাবু কর্তা বাবু এই নিন জল । ইন্দুর চোখে মুখে জল ঝাপটা মারতেই ধীরে ধীরে ইন্দু চোখ মেলে তাকাই ।

অদূরে দেখা যায়, কামনা প্রিয়া অসহায়ের মতো সর্বহারা হয়ে ছুটে যায় নিজ স্বামীর কাছে । কাছে যেতেই দেখে মুণ্ডহীন দেহ টা যন্ত্রণায় কাটা মাছের মত খাবি খাচ্ছে থেকে থেকে । উদভ্রান্তের মত কামনা প্রিয়া তাঁর স্বামীর দেহ ধরে বিকট কান্নায় ভেঙে পরে বলে, 'আমার প্রাণ নাথ কে তোরা এই ভাবে মেরে ফেললি, তোদের কাউকে আমি ছাড়ব নে"। কামনা প্রিয়া বুঝতে পারে একা তাঁর পক্ষে কিছুই করা সম্ভব নয় । তাই রাগে ফুঁসতে থাকে মনে মনে । উদভ্রান্তের মত কামনা প্রিয়া হো হো করে কান্না মিশ্রিত হাসি হাসতে হাসতে বলে, 'তোর বুকের পূর্ণার রক্ত যে ভাবে পান করেছি তোর সন্তানের ও ঠিক একই ভাবে রক্ত পান করবো, আমার কিছুই করতে পারবি নে তুই ।" এই বলে উঠে দাড়িয়ে প্রতাপের কাছে গিয়ে এক ধাক্কায় মাটিতে ফেলে তার বুকের ওপর পা দিয়ে নিজের পিশাচ রূপ ধারণ করে চিৎকার করে বলে, 'দেখ ইন্দু দেখ তোর সামনেই তোর স্বামীর প্রাণ

বিনাশ ঘটবে কিভাবে দেখ! দুচোখ ভোরে দেখ!" তুই আমার কাছ থেকে আমার প্রাণনাথ কে কেড়ে নিলি যে ভাবে, ঠিক সেই ভাবেই আমিও তোর চোখের সামনে প্রতাপের প্রাণ নেবো। ইন্দুর জ্ঞান ফিরে আসায় সে মন্দির প্রাঙ্গণের দিকে এগোতে গেলে হটাৎ তাঁর কানে ভেসে আসে পিশাচিনী কামনা প্রিয়ার কথা গুলো। অন্য দিকে দেখে মন্দির চত্বর থেকে অন্নদা তাঁকে ডাকছে, 'বউ রাণীমা গুরু বাবা ডাকছেন, সময় হয়ে এয়েচে এসো শিগগিরি!!" ইন্দু মন্দিরের সিঁড়িতে এক পা রেখে এই কথা শুনে চমকে পিছন ফিরতেই যে দৃশ্য দেখে তাঁতে ইন্দুর গোটা শরীর ভয়ে শিউড়ে উঠে আর্তনাদ করে বলে না না ডাইনি আমার স্বামী কে তুই ছেড়ে দে। দেখে প্রতাপের বুকের ওপর কামনা প্রিয়া তার পা দিয়ে চেপে ধরেছে আর অট্টহাসি হাসছে। প্রতাপের প্রাণ যেন বেরিয়ে আসবে তবু সে চিৎকার করে বলে, 'না ইন্দু না তুমি ফিরে আসবে না কিছুতেই আমার মাথার দিব্যি, আমার সন্তানের কথা ভেবে তুমি যাও,বহুবার আমি সন্তান হারা হয়েছি। পূর্ণা কে কাছে পেয়েও আগলে রাখতে পারিনি, কিন্তু আজ নিজ প্রাণ বিসর্জন দিতে হলে তবুও ভালো তোমার পায়ে পরি আমার এই সন্তান কে তুমি প্রাণ দান করো এ তোমার স্বামীর আদেশ, ইন্দুলেখা,যাও যাও তুমি যাও। এই পিশাচ রূপী মহিলার বিনাশ করো থেমে যেও না।" ইন্দুর দু চোখ দিয়ে জল গড়াচ্ছে, দোটানায় পড়ে সে ভাবতে থাকে না না এ হতে পরে না কিছুতেই! একবার সে পূর্ণা কে হারিয়ে নিঃস্ব হয়েছে সে কিছুতেই তার আগত সন্তানকে পিতৃহারা হতে দেবে না। সে দৌড়ে প্রতাপ চন্দ্রের দিকে যাওয়ার আগেই প্রতাপ শ্বাস রূদ্ধ হয়ে আসলেও অতি কষ্টে দু হাত জোড় করে বলে, 'এমন ভুল কোরো না তুমি ইন্দু,দোহায় তোমার লক্ষীটি।" ইন্দু অসহ্য যন্ত্রনায় মাথার দুই দিক চেপে ধরে। মাথা ফেটে রক্তের ধারা বয়ে চলেছে ক্রমাগত। আর যেনো কিছুতেই পারছে না সে! মূর্ছা যাওয়ার জো। তবুও টলমল পায়ে শরীর টাকে হ্যচড়াতে হ্যাচরাতে এগিয়ে চলে। তাঁর হারলে চলবে না কিছুতেই, ওঠো ইন্দু ওঠো। প্রতাপ চন্দ্রের শ্বাস রূদ্ধ হয়ে আসে। ওই পিশাচ খড়গ হস্তে তাঁর বুকের ওপর পা দুটো চেপে ধরে রেখেছে,ধারণ করছে আস্তে আস্তে পিশাচ রূপ, ভোর হতে আর বেশি দেরী নেই, একবার ভোর হয়ে আসলে আর কোনোভাবেই আর বিনাশ করা সম্ভব নয় ইন্দু আরও একবার নিজ প্রাণনাথের দিকে চেয়ে টলমল পায়ে শরীর টাকে হ্যচড়াতে হ্যাচরাতে টানতে থাকে সর্বস্ব শক্তি দিয়ে। সিঁড়ির ওপর এক পা এক পা ফেলতে ফেলতে ভাবতে থাকে এই কামনা প্রিয়া তাকে কিছুতেই আর হারাতে পারবে না। মা মাগো তুমি সঙ্গ দাও। চোখ যেনো জুড়িয়ে আসছে তাঁর, সব কিছু যেনো আবছা হয়ে আসছে। চোখ জুরে ধীরে ধীরে কোনো এক অতল সমুদ্রে তলিয়ে যাচ্ছে সে। না না না,

এ সবই ওই কামনা প্রিয়ার ছলনা, থামলে চলবে না কিছুতেই এই শেষ ক্ষণে। কামনা প্রিয়ার জন্য কত পিতা মাতা তার কোলের সদ্য জাত সন্তানদের হারিয়েছেন। সে হারিয়েছে তার শাশুড়ি মাকে সাথে প্রতাপের আগের দুই স্ত্রীর করুন পরিণতি মৃত্য, আর হারিয়েছে নিজের সব চেয়ে কাছের মানুষ পিতা রাম চরণ আর প্রাণ প্রিয় পূর্ণা কে। কত নিরীহ অবলা প্রাণীদের নিষ্ঠুর ভাবে প্রাণ নিয়েছে এই কামনা প্রিয়া। না না কোনো ভাবেই আজ ইন্দু ছাড়বে না। ইন্দু রাগে ক্ষোভে দুঃখে পূর্ণার ওই দুটো কচি কচি হাত আর তার আকুল ভাবে বাঁচার আর্তি,ওর নিস্পাপ মুখ খানা ইন্দু কে যেনো শত শত আঘাত করছে। এই সব মনে করতে করতে সে দৌড়ে যায় অতি কষ্ট হলেও মন্দির প্রাঙ্গণে, হাঁপাচ্ছে ইন্দু, গুরু বাবার যজ্ঞ শেষ। উনি তাড়াতাড়ি ইন্দু কে বলেন,' মা ইন্দু ওই পিশাচিনীর চুল এনে দিয়ে দাও এই যোগ্যাহুতিতে"। অন্নদা তাড়াতাড়ি ওই কাপড়ে মোড়া চুলের গোছা ইন্দুর হাতে তুলে দিতেই সে এক মুহূর্তও আর দেরি না করেই ছুড়ে দেই আগুনে। যজ্ঞের আগুণের মত ওই পিশাচিনী দাউ দাউ করে জ্বলতে থাকে তার চুলের ভস্মীভূত হওয়ার মতো। কালো বিষের ধোঁয়ায় সকলের প্রাণ যেনো ওষ্ঠাগত, পিশাচিনী চিৎকার করে বলছে, 'আমি ফিরে আসবো আসবোই, অন্য রূপে অন্য ভাবে, এই বাড়ি থেকে কেউ আমাকে উচ্ছেদ করতে পারবি নে। এ আমার স্বামীর ভিটে"। দূর থেকে শত শত হাত যেনো ওই পিশাচিনী কে রক্ষা করার চেষ্টায় প্রাণপণ বিলীন হয়ে যাচ্ছে - কিন্তু সব বৃথা। কামনা প্রিয়ার কালো ছাই আকাশে মিলিয়ে যেতে থাকলে চারিদিক থেকে যেনো কালো ধোঁয়া কেটে গিয়ে নব দিনের সূচনা হচ্ছে ধীরে ধীরে। মন্দির প্রাঙ্গণের কিছু দূরে জমিদার প্রতাপ নারায়ণ অচেতন দেহ পড়ে। ইন্দু এতক্ষণ যা ঘটে চলেছে এখনো সেই ঘোরের মধ্যে সে। হঠাৎ তার ঘোর কাটতেই চিৎকার করে ওঠে, 'জমিদার বাবু ..উ ..উ "..দৌড়ে যায় তার কাছে, ও জমিদার বাবু একটিবার সাড়া দিন না! কি হল ? ইন্দু যে আপনাকে এতো করে ডাকছে সারা দিন না ;মাথা নীচু করে অঝোরে কাঁদতে থাকে ইন্দু। ও মা তুমি কেনো এমন করছো মা? কেড়ে নিয়োনা মা ওনাকে আমার থেকে। আর তো কেউ নেই আমার, বাবা ও প্রাণ হারিয়েছেন এই দুর্যোগে দোহাই তোমার পায়ে পড়ি আমি মা। আমি নিজে সদ্য পিতৃহারা কন্যা এখন, তুমি আমার আগত সন্তানকেও পিতৃহারা করতে চাও? এ তোমার কেমন লীলা কেমন স্নেহ! ফিরিয়ে দাও ওনাকে ফিরিয়ে দাও বলতে বলতে কান্নায় ভেঙে পড়ে ইন্দু। আমার সন্তান যে তার বাবার স্নেহ চাই, ফিরিয়ে দাও মা। কিছুতেই আপনি আমাকে এই ভাবে একা ফেলে যেতে পারেন নে। উঠুন উঠুন বলছি। দেখুন আমি আপনার কথা রেখেছি, বলতে বলতে ফুঁপিয়ে ফুঁপিয়ে কাঁদতে থাকে ক্রমাগত। পেছন থেকে

নায়েব মশাই সাথে গুরু বাবা দক্ষিণারায়ণ এসে দাঁড়ান পাশে। গুরু বাবা বলেন,' শান্ত হও ইন্দু মা শান্ত হও, প্রতাপের কিচ্ছুটি হয়নি "। ওর জ্ঞান হরিয়েছে একটু সর দেখি মা। এই বলে নিজের হাতের তামার ঘটি থেকে মন্ত্রপূত গঙ্গা জল প্রতাপ চন্দ্রের মুখে চোখে ছিটিয়ে দিতেই ধীরে ধীরে প্রতাপের জ্ঞান ফেরে। আধো অস্পষ্ট ভাবে চোখ মেলে দেখে চারিদিক এখনো কেমন অন্ধকারাচ্ছন্ন, ধীরে ধীরে সে অনভব করে, একটা মায়া ভরা ভালোবাসার কোমল হাত তাঁর চুলে হাত বোলাচ্ছে। এ যে আর কেউ নয় তাঁর প্রাণ প্রিয়া ইন্দুর হাত, তাঁর নরম কোলে তার মাথা। সে অস্‌ফুট স্বরে বলে,' ইন্দু ইন্দু তুমি ঠিক আছো তো?" ইন্দু আলতো হেসে ঘাড় নারে। ভোরের আলো উঁকি দেই পূব দিকের কোণে। এ এক নতুন সকাল নতুন আলোর রশ্মি। পূব দিক দিয়ে সেই আলোয় ইন্দু দেখতে পাই পূর্ণা তাঁর দিকে চেয়ে। সাথে অপরিচিত তিনটি নারী ধীরে ধীরে এক গভীর শান্তিতে বিলীন হয়ে যায় পঞ্চভূতে। সে অনুভব করে তাঁর পিতার উপস্থিতি। তাঁর পিতা যেনো অনাবিল এক হাসি হেসে বিদায় জানাচ্ছে ইন্দু কে। ইন্দু দেখে পূর্ণা তার দিকে হাত বাড়িয়ে চেয়ে আছে অধীর অপেক্ষায়। যেনো বলছে, 'আমি তোর চারপাশে রয়েছি, আমার মুক্তি হয়নি রে ইন্দু মা".. ইন্দু যেনো পূর্ণার কথায় হারিয়ে যেতে থাকে হটাৎ প্রতাপের ডাকে সম্বিত ফিরে ইন্দুর। কি হল ইন্দু? ঘরে ফিরবে চল, দেখো সব কালো মুছে নতুন ভোর হয়েছে।

উর্জা উর্জা??শুনতে পাচ্ছো!!দেখো আমি নির্মাল্য?? তুমি এই বেলতলা পোড়ো জমিদার ভিটে তে একা একা কি করছিলে? একা একা কি ভাবে এলে?এই দুদিন কত দুশ্চিন্তা হচ্ছিল যানো? উর্জা ক্ষীণ স্বরে বলে, মোহনা মোহনা কোথায়? নির্মাল্য মাথা নীচু করে বলে, মোহনা বেঁচে নেই উর্জা। আজ একটু আগেই ওর বদি এই বাড়ির ভেতর থেকে পাওয়া গেছে। দুমড়ে মুচড়ে একাকার অবস্থা। তার পাশেই দেখি তুমি পরে আছো অচেতন হয়ে। অথচ মোহনায় আমাকে রজত দা কে ফোন করেছে। ভেরি স্ট্রেঞ্জ। ও না বললে তো জানতেই পারতাম না। তুমি এই ভাবে সবার অজান্তে রাত্রে এখানে এসে হাজির হবে। হাতে ধরা সেই সোনার লকেট সহ মালা উর্জার গলায়। ধীরে ধীরে জ্ঞ্যান ফিরছে উর্জার .. নতুন এক দিন নতুন এক অভিজ্ঞতা নিয়ে।

লেখিকা প্রসঙ্গে

বিদিশা চক্রবর্ত্তী কবিতা লেখার পাশাপাশি উপন্যাস ও লেখেন।। কবি বাংলা ভাষায় **M.A (B.ED)** করেছেন। কবি বিদিশা চক্রবর্ত্তী এই যাবত সাহিত্য র ক্ষেত্রে ৪ টে অ্যাওয়ার্ডে ভূষিত হয়েছেন যার মধ্যে কলকাতা লিটারারি কার্নিভালের বছরের সেরা কবি অন্যতম উল্লেখযোগ্য।কবি লেখা লেখির পাশাপাশি একজন উৎকৃষ্ট চিত্রশিল্পী ও । আঁকা ও ক্লে আর্ট এ পারদর্শী।

কবি তার কবিতার মাধ্যমে মানুষ ও সমাজের বিভিন্ন ভাব, আবেগ, আশা ও আকাঙ্খা তুলে ধরার চেষ্টা করেন।। কবি বিশ্বাস করেন কবিতা জনসমাজের ভাবগুলো তাদের নিত্য দিনের অসুবিধা সুবিধার কথা উচিত লোকেদের কাছে পৌঁছে দেওয়ার এক শক্তিশালী মাধ্যম। কবি এমন এক সমাজের স্বপ্ন দেখেন যেখানে সবাই একে ওপরের সাথে সুখ ও শান্তির সাথে বসবাস করতে পারে ও নিজ নিজ ক্ষেত্রে অগ্রসর হতে পারে।

www.ingramcontent.com/pod-product-compliance
Lightning Source LLC
LaVergne TN
LVHW041537070526
838199LV00046B/1707
* 9 7 8 9 3 6 7 9 5 0 7 8 4 *